書下ろし長編時代小説

天下御免の剣客大名

江戸入城

誉田龍一

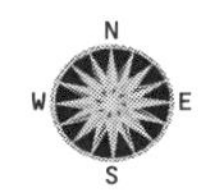

コスミック・時代文庫

この作品はコスミック文庫のために書下ろされました。

目次

第一章　飛躍

一

「また、鏡如庵（けんによあん）でございますか」

鷹見泉石（たかみせんせき）が苦笑している。

「もう、そうそう来られぬからな」

土井利位（としつら）、通称、六郎は微笑みを返した。

天保八年（一八三七）の春、大坂城天守閣。

六郎は古河（こが）藩城主であり、この大坂城代に任じられて丸四年になる。鷹見はその家老であり、今や右腕となって働いている。

そもそも六郎は、寛政元年（一七八九）、三河藩主土井利徳（としなり）の四男として生まれた。しかし文化十年に親戚筋にあたる古河藩主土井利厚（としあつ）の養子となった。

利厚は当時老中として幕閣で大いに力を振るっていたが、その嫡男は早くに亡くなっており、六郎を跡目として養子に迎えたのである。

そして文政五年（一八二二）八月、利厚が亡くなると、六郎は家督を相続して藩主の座についた。

一方の鷹見は古河藩の藩士であり、蘭学者でもあったが、利厚の時代から活躍しており出世していた。六郎は藩主に就任すると、そのとてつもない才を見いだしてすぐに取り立てた。天保二年（一八三一）には家老に任じて、六郎が最も信頼をおく家臣となっている。

その鷹見の頭抜けた才気が存分に発揮されたのが、この二ヶ月程前の二月に起きた大塩平八郎の乱の時である。鷹見は大坂城代家老として、大塩の乱の鎮圧を主導した。

大塩側が杜撰（ずさん）だったこともあり、あらかじめ反乱を起こすことを諜報活動で知っていた奉行所や城代側は、ほぼ一日で乱を制圧した。

そして隠遁していた大塩親子の居場所を突き止め、ふたりを追いつめて最期は自爆死に追い込んだのも鷹見の仕事であった。

それまでも有能な家老として名は知られていたが、この大塩の乱によって鷹見の名は全国に一気に広まっていった。

六郎はそれを誇りにさえ思っていた。

「そう言えば、鷹見、お主、名が通るようになったとのもっぱらの噂だ」

「お戯(たわむ)れを」

鷹見が恥ずかしそうな顔をした。

「土井の鷹見か、鷹見の土井かという者もあると聞いている」

「殿、さようなつまらぬ戯(ざ)れ言(ごと)を相手になさらないでくださいませ」

「戯れ言とは穏やかではないな。わたしも鼻が高い」

「何を仰せですか」

鷹見が首をゆっくりと振った。

「これはひとつの罠でございます」

「何だと」

「家老を藩主よりも目立たせようとしているのです」

「構わぬではないか。鷹見が優れているのはまごうことなき事実で……」

「とんでもない」

鷹見は首を振った。

「わたしが藩主より目立てば当然、殿の評判が悪くなります」

「そうとは限るまい」

「いえ、そういうものです」

鷹見はそこで居住まいを正した。

「そのような噂をたてる者こそ、お気をつけてくださいませ」

鷹見は真面目な顔でそう言うと、ひとり頷いた。

六郎は軽くため息をつく。

そこで鷹見は再び同じ問いを繰り返した。

「それで、殿、また、鏡如庵でございますか」

六郎はゆっくりと頷いた。

「うん、もう大坂も終わりだからな。行ける時に、行っておかんとな」

「御意(ぎょい)」

鷹見も頷く。

鏡如庵とは、正式には、天王寺にある鏡如庵太子堂と呼ばれる真言宗の寺院である。真言宗であるから、当然、弘法大師を祭っている。

六郎は大坂赴任以来、大坂城の南にあるこの鏡如庵に何度も参っていた。

弘法大師、すなわち空海に帰依（きえ）していると言ってもいいくらいに、何度も参拝してきたことは、周囲も知っている。

しかし、大坂城代の役目も、もはや終わりに近づいていた。

先に述べたように大坂城代として大塩平八郎の乱を鎮圧した功績によって、京都所司代へと任じられることになったのだ。

鷹見の活躍のお陰と言っても良く、先に述べたように「土井の鷹見か、鷹見の土井か」と言われるのも、むべなるかなと六郎は思っている。

だが、この大塩平八郎の乱については六郎には、もっと複雑な、だれにも言えない思いがあった。

――あれは義の為に立ち上がった。

六郎はそう心の中で叫んでいた。

飢饉（ききん）が続き、ただでさえ米の値が上がる中、米商人たちは売り惜しみを行い、更に値をつり上げた。

その為、米が買えずに、飢え死にする者まで大量に出るほどであった。

大坂奉行所の与力であった平八郎は、何とかそのような窮状（きゅうじょう）を救わんと様々な手をうってきており、それなりの効果もあげていた。

しかし、最後は平八郎の策を奉行所なども省みることもなくなり、米の価格は急騰したままになってしまい、多くの者が飢えて亡くなった。

――そんな世を変えようとしただけではないか。

六郎は哀しそうな顔をした。

これは六郎の胸の中だけにおさめられていることだが、平八郎とは何回か会ったことがある。

元与力で息子に跡目を譲ってからも、陽明学者として毎日、弟子たちに講義をしていた平八郎は有名な存在であったから、六郎から会いに行ったのが始まりだ。

そして、そんな中で平八郎が段々と追い詰められて行くのが手に取るように分かった。私財を投げ打ち、蔵書を売り払い、借りられるだけ借り入れて、それらを民の救済に向ける姿には、鬼気迫るものがあった。

――いずれ破裂する。

六郎は平八郎の噂を聞きながら、そんな予感がしていた。

予感は当たった。

平八郎は決起した。

その直前、六郎は平八郎と言葉を交わしている。そこで六郎は、今までひた隠しにしてきた事実を平八郎に告げていた。

「わたしは豊臣家である」

庶民の苦しさを救わんとして己のすべてを投げ打ってでも、幕府に対して抗議しようとする平八郎にうたれたのだった。

――ただ、平八郎はどうやらその時は信じなかったようだが。

当然である。

大坂城代を務める譜代大名が豊臣家を名乗っても、戯れ言にしか聞こえなかっただろう。

ただ、六郎は歴とした豊臣家の血筋であった。

しかし、六郎自身もそれを知ったのは、古河藩藩主、土井利厚の嫡子として養子に入る時であった。

その直前、当時はもう藩主の座を退いていた実の父親、元三河刈谷藩藩主、土井利徳から、衝撃の事実を聞いたのだ。

その時の記憶がありありと蘇ってくる。

実は利徳もまた養子であり、元々はあの雄藩、仙台藩の藩主、伊達宗村の三男としてこの世に生を受けていた。

しかし利徳は、実際は違っていたと六郎に告げた。

話は大坂夏の陣に遡る。

大坂城内に立て籠もる豊臣方で獅子奮迅の活躍を見せていた真田幸村が、徳川方として城を囲む伊達政宗に娘の阿梅や、息子の大八を託したことは知られていた。

伊達側にうまく逃げ延びた娘は、伊達家重臣、片倉重長の妻となり、また大八も幕府の追及をうまくかわして、伊達家家臣となって信繁の血を残している。

利徳はこの話をしながら、六郎を見て言った。

「よいか、真田幸村と言えば大坂の陣の豊臣方でもっとも活躍した男だ。よってその息子や娘の話はみな注目する。しかし、その裏でもっと大きなものを隠していたのだ」

それが豊臣の血であった。

真田幸村の子を隠れ蓑にして、もっと大きなもの、つまり豊臣の子を密かに伊達家へ逃がしていたと利徳は言った。

すなわち真田幸村は、豊臣秀頼の子、国松を逃す為に、あえて己の子を伊達に逃がして、幕府の目がそちらへ向くように仕向ける策を取ったという。

受け入れた伊達政宗も、徳川に臣従したようには見せているが、もしこの先、機会あればいつでも天下を狙うつもりであり、その時に、豊臣の血を持った男は役に立つと思ったのである。

こうして国松は、伊達家にて密かに育てられ、大人になり、子を成して、豊臣の血は受け継がれてきたという。

そして、その血をひいているのが利徳自身であり、また六郎だと告げた。

――この体に流れる血が豊臣家の血というのか。

六郎は聞いた瞬間、呆然となった。

しかし、次の瞬間、今までにはない、大きな力を感じるようになってきていた。

更に利徳の言葉は続く。

「幸村は、死して百五十年経って動き出す策を残していた」

「どのような策でしょう」

「譜代へ養子縁組できる機会だ」

利徳の言葉が続く。

「外様の伊達からと見せかけて豊臣の末裔を譜代の大名家に入れる。それが幸村の伝言だ。そしてその機会が巡ってきたのが、他ならぬこのわしだった」

利徳は六郎を見た。

「わしは明和三年（一七六六）八月に刈谷藩主、土井利信様の養子に入った。もちろん伊達宗村様の三男としてな。刈谷藩は家康の地元三河にある譜代名門であり、真田の伝言に当てはまると思っていたが……」

「違ったのですか」

「そうだ。はまったように見えて、違っていた。何が違っていたか分かるか」

「さて、皆目」

「老中を出すような家柄ではなかったのだ」

「老中ですか。幸村がそのようなことを言い残していたのですか」

「まさか。老中という役目を幸村が知っていたかどうかは分からぬが、ようは徳川将軍に次ぐ地位と言い残している」

「それは、つまり、幕府の実権を得んが為に」

「おお、利位ようやく分かって来たようだな」

利徳は嬉しそうな顔をした。

「幸村が伝えたかったのは、豊臣の末裔が、将軍に次ぐ地位を手に入れることのできる家に入るようにということだ。そう、そうして幕府の実権を握ることを目的にしていた」

そこで利徳は苦い顔をした。

「ところが刈谷藩はどうだ。譜代とはいうが、せいぜいが和田倉門門番止まり。老中など夢のまた夢だった。そう、わしは失敗したのだ」

その後は、利徳はわざと穀潰しの殿様に見せて、藩自体が疲弊していくように藩主の己自ら仕向けたという。

利徳がまるで仕事に身が入らぬ、能のない殿様のように言われている意味がようやく、六郎には分かった。

――すべて、わざとだったのだ。

譜代藩として重要な位置を占める刈谷藩を、利徳は藩主自ら、できるだけ破綻させようとしていたようだ。

そして同時に、どこかもっと大きく由緒ある譜代藩へ、豊臣の血を持つ己の子を送り入れようと利徳は狙っていた。

そして、ようやく成功したのが、六郎である。

義父になった土井利厚は、老中を異例の長さで務めてきた。

つまり古河藩土井家は老中を出す家格として、十分に認知されたことになり、その利厚の跡取りとなれば、幕閣入り、更には老中昇格を目指すことができるということになる。

「三河刈谷藩では無理なことだ」

利徳はそう言うと苦笑した。

「老中となり、更にはその上を狙って、豊臣家を再興するのだ」

利徳の声が響いた。

瞬間、六郎の中に今までにない感情がわき上がってきた。

――このわたしが、天下を奪い返す。

六郎はしっかりと頷いた。

幕閣に入り、出世して、老中まで上り詰め、そこで他の大名たちの上に立ち、さらには、将軍にとって変わる。

――豊臣再興の為に。

たった今、告げられたばかりであるが、もう六郎の中で豊臣の血が覚醒していた。熱いものが体の中を流れていくのがわかり、それとともに、高揚（こうよう）してくるのが感じられた。

「殿、聞いておられますか」

鷹見の声がした。

六郎は慌てて我に返る。

「あっ、すまぬ。聞き逃した。もう一度言ってくれ」

「ええ、お気をつけてということです」

「鏡如庵はすぐそばではないか。それにもう何度行ったか、数えきれぬほどだ。案ずることはない」

「左様でございますが、時が時だけに」

鷹見は神妙な顔をした。

「京都行きが決まったのですから」

「分かっておる」

六郎は苦い顔で頷いた。

五月半ばより、六郎は京都所司代に就くことが決まっていた。その報せを聞いた鷹見が、狂喜乱舞したのは覚えている。

いつも冷静な男がそこまで喜んだのは見たことがなかった。

「いやはや、祝着至極（しゅうちゃくしごく）、祝着至極！」

鷹見が歌うような声で言う。

「鷹見、少しはしゃぎすぎではないか」

「とんでもない。これではしゃがないで、いつはしゃぐんですか」

鷹見にしては珍しく興奮している。

「京都所司代に就くのが、そんなに目出度いことか」

「はい、それはもう」

鷹見はようやく座ると頷いた。

「これほどの出頭はございません」

「京都所司代はそんな要職か」

六郎が言うと、鷹見は首を振った。

「いいえ」

「違うのか」

「はい。昔は京を抑える重要な御役目でしたが、今はもう実務は京都奉行所に移されておりまして、形ばかりの御役目……」

「ならば、そうおおはしゃぎすることもあるまい」

「はい、形ばかりで、次の御役目への待機所でございます……」

鷹見はそこでにやりとした。

「老中への」

鷹見はそう言って大きく頷いた。

「そうなのか」

「はい、間違いございません」

鷹見は感慨深げに言う。

「殿、やりましたな」

「うん」

六郎も頷く。

――またひとつ、将軍に近づいた。

六郎は、豊臣の血を感じながら、頷いていた。

「これも大塩平八郎の乱のおかげでございます」

鷹見は再び頷いた。

確かに取り立てられた理由は他でもない。

大塩平八郎の乱を鎮圧した手柄であった。

「大坂城代というのもやはり形だけの御役目でしたが、あの乱が起こったことで殿の実力を披露(ひろう)できたのですから」

「披露とは思わぬが……」

「どちらにしても、殿は運強うございますな」

六郎は黙っている。

「まさしく祝着至極！」

鷹見は大きな声を出す。

これについても、六郎は誰にも言えないことがあった。

乱を起こすことが、事前に奉行所に漏れていたこともあり、大坂の町は大火事になってしまいはしたが、乱そのものは短い時で静められた。

大塩父子は逃亡、四十日以上もその所在はつかめなかったが、鷹見らの活躍で場所が突き止められて、父子は自爆して果てた。

それが表向きの話である。

しかし、このことに六郎は深く関わっていた。

奉行所、さらには徳川幕府に対して、その米価政策を批判して乱を起こした平八郎は、六郎にとって豊臣方と思えた。

そして、そう思うと、乱の起こった場所が大坂であるのも何かの因縁である気さえしてくる。

——大坂城で最期を迎えた豊臣家が、大坂で再び復活する。

六郎には、大塩平八郎の乱がそう映った。

しかし、先にも述べたように平八郎は、六郎のことを信用せずにそのまま乱を起こした。

だが別れ際に、六郎があえて聞かせた大坂での古河藩の飛び地を、平八郎は覚えており、その場所へ父子で落ち延びた。

決して手を貸したとは言えないが、ふたりは六郎の言葉を頼って逃げたことは間違いない。

そして六郎はその場所で、平八郎と言葉を交わした。

そこで聞いた平八郎の言葉は、余りにも意外なもので、六郎は耳を疑った。

これから知り合いの商人（あきんど）のところへ行くから、そこへ手勢を派遣して、大捕物の上、自害に追い込めと言う。

つまり、平八郎はもう逃げるつもりはなく、自死する覚悟だと告げた。

「あなたは手柄を立てて、出世する。老中にでもなって、世を救って欲しい。豊臣家としてな」

平八郎は六郎にそう言った。

己が捨て石になるから、六郎が出世して欲しいという平八郎に、最初は躊躇したが、やがてその決意の固さと覚悟を知った六郎はあえて受け入れた。

そして心を鬼にして、平八郎が商家にいることを鷹見に教えたのである。

――大塩殿、決して無駄にはいたしませぬ。

六郎はそうつぶやいた。

鷹見の声が再び響いた。

「まだ、落ち着いておらぬかもしれませんし」

「火事のことか」

「御意」

平八郎の放った火がまだ燻っているかも知れず、なかなか再建できていなかった。

「類焼があったとは聞いている。その様子も心配だ。見てみたいのでな」

「承知いたしました」

鷹見は深く頷いた。

「しかし、殿の弘法大師様への帰依も病膏肓に入るですな」

「うん。こういう世であるがこそだ」

六郎は微笑んだ。

しかし、ここにも言えない理由はある。

弘法大師、つまり空海に帰依しているのは、その昔、豊臣秀吉の逸話を知ったからだ。

秀吉は紀州攻めを行い、鉄砲で有名な根来、雑賀の衆を次々に破っていった。そして次はいよいよ弘法大師の開いた真言密教の地、高野山が標的となった。

ところがその時、元武士である高野山の応其上人が、秀吉のもとへ出向き談判の末、秀吉との和睦に持ち込んだ。

いや、それどころではない、応其上人に感銘を受けた秀吉は、帰依するようになり、高野山に対しては攻め入るどころか、領地を寄進したり、果ては亡き母親の菩提寺として青厳寺を建立までしている。

——同じ豊臣の血を継ぐ者としては、当然、弘法大師に帰依すべき。

六郎は大坂城そばにあった鏡如庵が弘法大師を奉っていると聞くや、頻繁に足を運ぶようになった。

――まるで、乙女が、憧れの人の真似をするようだな。

秀吉と同じことがしたくて参拝する己に、苦笑していた。

しかし、何度も重ねるうちに六郎の中に、弘法大師への帰依の心が大きくなり、今ではもう真似事ではなく、本物の信心になっている。

三度、鷹見の声がした。

「綽名（あだな）がついているようでして」

「わたしのか」

「いえ、寺のことです」

「随分、不謹慎だな。何と呼ばれているんだ」

「どんどろ大師」

「何だって」

六郎は思わず聞き返していた。

「どんどろ大師と皆が呼んでおるようで……」

そこで鷹見は微笑んだ。

六郎は眉をひそめた。

「何だ、それは」

「由来は殿のことですぞ」

　鷹見は再び笑う。

「言ってる意味が分からんが」

「土井殿大師……大坂の者は最初、そう呼んでおりました」

　鷹見が六郎の顔を見た。

「もちろん、大坂城代の土井様、つまり殿が熱心に参拝するのを見て、そう言い始めたのです」

「なるほど」

　六郎は頷いた。

　ここで鷹見がまた含み笑いをする。

「ところが、あまり沢山の人の口に上ると段々なまっていくようでして……どいどの、どいどの、どいどの……どんどろ、どんどろと……」

「はははは」

　六郎も思わず笑っていた。

　鷹見も同様だ。

「しかし、どいどのが、どんどろか……」

「どうやら、大坂に何か爪痕を残せたようだな」

「御意」

「まさに」

「ははは」

「ははは」

ふたりは再び大笑いした。

「楽しそうでございますな」

襖が開いて、ふたりの男が入って来た。

「おお、平之進と権蔵か」

六郎は声を掛けた。

ひとりは、寺田平之進。六郎と同じ中年で背が高い。隻眼であり、眼帯をつけている。

刈谷藩にいた頃からずっと六郎と過ごしてきた。古河に来てからも、ずっと傍についている男だ。

隻眼なのも、六郎たちを襲ってきた矢を身を呈して止めたゆえの傷跡である。

もうひとりは、田代権蔵。こちらは、もう老人と言っていいほどの年格好で、総白髪である。

権蔵も刈谷藩士であったが、六郎の警固を務めたことが縁で、古河にやってきていた。

老人ではあるが、いまだ現役で、平之進同様、やはり六郎に付き従っている。年の割には足腰もしっかりしており、六郎の外出の際にはいつも横にいた。

「お迎えに上がりました」

平之進はにっこりした。

「うん、では、参るか」

六郎は立ち上がると、廊下へと出る。

平之進と権蔵が後に続いた。

「気をつけよ」

鷹見が厳しい声を出す。

平之進は振り向くと、深く頷き、再び前を見た。

二

大坂城を出て、しばらく南へ向かうと鏡如庵がある。

あくまでお忍びなので、六郎の後ろにつくのは平之進と権蔵だけだ。

それでも周囲の人々は気づいている。

「ああ。どんどろさんや」

「ほんまや」

城代に対しても、あまり臆することなく話すのが大坂の人々だった。

道々、焼け焦げたままの家屋敷や、すっかり何もなくなり空き地になったような場所も見られた。

いわゆる大塩焼けのせいである。

「まだまだ火事の跡が残っておりますな」

平之進が神妙な顔で言う。

「一朝一夕で戻るものではない」

権蔵が哀しそうな声を出した。

「京都に行くのが、後ろ髪を引かれる思いだ」

六郎が言うと、ふたりは静かに頷いた。

決して嘘ではない。

平八郎には確かに同じ種類の人同士の絆を感じた。

ただ、火事のせいで大勢の人が死傷し、家屋敷を無くし、今もそのせいで苦しんでいるという事実は六郎を責めている。

もうすぐに大坂を離れて、京都に行く。

——一体それでいいのか。

六郎は複雑な気持ちで周囲を見ていた。

「危ない！」

びゅっという音がして、矢が飛んできた。

平之進の声とともに、六郎は横へ飛んでそれをかわす。

即座に平之進と権蔵が六郎の前に立った。

ちょうど四天王寺の少し手前まで来た往来の真ん中である。

周囲は決して静かではない。いや、大勢の武士や町人が行き交っている。

「信じられん……」

六郎は道端で大きな松の後ろに身を隠した。

びゅっ、びゅっ、びゅっ、という音とともに、三本の矢が飛来した。

「うわっ」

「きゃあ」

「はよ、逃げろ」

辺りの者たちが大声をあげて、散らばって行く。

平之進と権蔵は矢の出てくる先を確認しようと、やはり松の後ろから顔だけ出してじっと見ている。

びゅっ、びゅっ、と風を切る音がした。

六郎たちが見ているのと、真反対の方から矢が飛んできて、平之進の顔をかすめた。

「おおっ」

平之進は後ろにすっころびながらも、よけている。

「危なくもうひとつの目も無くすところだった」

平之進はにやりとしたが、権蔵はまっ青だ。

「まずい。もっと後ろへ」

権蔵はそう言いながら、平之進を後ろへ引きずり込んだ。

更に矢が三本来た。

今度は最初に来た方向からだ。

「挟み撃ちか」

六郎が言うと、権蔵が頷く。

さっき昼を過ぎたばかりで、まだ、日は高い。六郎は周囲を見回しながら、以前の襲撃を思い出してた。

二度の記憶が蘇った。

一度はもうずっと以前、刈谷藩から古河藩へと移る道中であった。

もう一度は、奏者番（そうじゃばん）となり、古河から江戸へとやはり移動する最中に襲われたのであった。

そして、今回。

――いずれも、何か大きな移動があるときか。

つまり、敵は六郎の動きを何とか止めたいのだ。

しかも最初の時は文化十年（一八一三）であるから二十四年も前のことになる。

「しつこい奴らだ」

六郎がそうつぶやいた時、また矢が飛んできた。

しかも、今度は両方から、三本ずつ、計六本である。

三人は松の木の後ろで釘付け(くぎづ)けになって、動けない。

さっきまで人であふれていた往来からは、人が消えている。

「畜生」

平之進が抜刀して走りでようとした。

「待て」

六郎が抑える。

「今、出ても、矢の的になるだけだ」

「しかし、このまま、動けないのも……」

「だからと言って、出てどうなるものでもない」

「それはそうですが……」

平之進が唇を噛んだ。

権蔵は六郎を見た。

「殿、もっと後ろへ」

権蔵は六郎の袖を引いた。

そこへ矢が二本飛んでくる。

平之進は思わず道へ出ると、一本を叩き落とした。

「危ない」

権蔵が平之進を引き入れようと出た。

そこへまた三本の矢が飛んでくる。

「うっ」

一本が権蔵の右肩に刺さった。

「あっ、大丈夫か」

権蔵は立ったまま、矢を抜こうとした。

「危ない」

六郎は飛び出ると、権蔵の着物をつかんで松の後ろに押し込んだ。間一髪で権蔵の頭があったところを矢が数本通り過ぎた。

六郎と平之進も飛びこむ。

しかし、その顔は嬉々としている。

ふたりは見合って頷いた。

「見えたか」

「はい、間違いなく」

矢を射かけている場所を確認したのだ。

「わたしは城側」

「こちらは南です」

六郎は言うと、平之進が答えた。

「あ、あの、何のことでしょうか」

権蔵が苦しそうに顔をゆがめながら尋ねた。

「ああ、お主はここにおれ」

「そうです。ご老体は無理なきよう」

六郎と平之進がそう言うと、権蔵は転んだままで、強引に矢を肩から引き抜こうとした。

「よせ」

六郎が止める。

「下手に抜くと出血がひどくなるやも知れん」

「そうです。死にますよ」

ふたりに言われて、権蔵はやむなく手を止めた。

「ここで、待っておれ」

六郎と平之進は立ち上がった。

「往来から行けば、矢の的だ」

「では、いかがして」

六郎はひとつ細道を入って見た。

「ここをつたっていこう」

「承知」

ふたりは細道に出ると左右に別れた。

「ご、御無事で……」

権蔵は倒れたまま叫んだ。

六郎は細道を走った。

――矢が出ていたのは、あの家の屋根の上だ。

眼前に見えるひとつの小さな家の屋根を見上げた。

残念ながら、もうそこには弓を持った者は見えない。

しかしさっき、確かにそこにいた。

六郎はその家の裏口の前に立つと、中をうかがった。そしてゆっくりと木戸を押して入る。ぎっという音とともに、木戸が開いていく。
　六郎は中へゆっくりと入った。
　その瞬間、右からいきなり刀が落ちてきた。
「でやっ」
　六郎は素早く止まると、体を後ろに反らせて刀をかわした。
　若い武家装束の男がいる。
　六郎はすかさず男の右腕を取った。
「うっ」
　振りほどこうと、男がもがく。
　しかし、六郎は捻(ひね)りあげた。
「うわ」
　男は腕を取られたまま、体を回した。
　その時、嫌な音が響いた。
　咄嗟(とっさ)に手を放して、木戸の外へ出る六郎。
　男の首筋に矢が突き刺さっている。
　六郎はすぐにそちらに目をやった。家の座敷で座ったまま弓を構えた男が見えた。

「あいつだ」

屋根の上で矢を射ていた男に間違いない。

こちらも立派な武家装束だ。

男はすぐに矢をつがえた。

ぴゅっ。

六郎向けて矢が飛んでくる。

六郎は抜刀するや叩き落とした。

男は立ち上がると、表へ逃げて行こうとする。

「待て」

六郎が座敷に上がると、いきなり横合いから別の男が斬りかかってくる。

六郎は今度は前に転がるとかわした。相手はそれを追うようにして斬りかかってくる。

抜刀していた六郎は、転がったまま、その刀を受けた。

「何者だ」

六郎が尋ねても、相手は答えない。

刀を押してくる。

六郎は力をはっと抜いた。

相手の男が勢い余って、前に崩れた。

六郎はその背中を峰で打つ。

「ぐはっ」

相手の男は苦悶の顔を浮かべて、倒れた。

六郎はすぐに男を捕らえようとした時、再び矢が飛んできた。

さっき逃げたと思った男が入口から射かけてきている。しかし今度も、六郎は刀でそれを叩き落とした。

射手は慌てて二の矢をつごうとしたが、六郎はそちらへ走り出す。

射手はそれを見てすぐに往来に飛び出した。

「待て」

六郎が追って往来へ出ようとすると再び矢が飛んできた。

慌てて家の中へ戻る六郎。

それでもすぐに顔を出すが、矢が再び顔をかすめる。

六郎はしばらくそのまま家に入っていたが、意を決して出てみると往来にはすでに相手はいなかった。

六郎はそれでもしばらくの間、往来に立っていた。もし狙ってくるなら、射かけてくるかと思ったからだ。

しかし、もう矢は飛んで来ない。

六郎はさっきの家に入った。

さっき背中を打った男が倒れたままでいる。

「しっかりしろ……」

六郎は声を掛けたが、相手の喉から血が流れていることに気づいた。

懐剣で喉を突いていた。

六郎は大きく息を吹くと、外を見た。

庭で最初に斬りかかった男の遺体がある。

「仕方無い」

六郎はそう言って、入って来た裏木戸に近づいた。

そして出て行く時に、遺体にもう一度目をやると、手を合わせた。

その瞬間、六郎の目に飛びこんできたものがある。

「これは……」

六郎はしばらく目が離せなかった。

三

「面目ないことでございます」

平之進は城に戻った後も、何度も頭を下げた。

六郎と同じく矢を射かけた相手を追ったが、平之進が到着した時にはもう相手はみな散っていた。

「残念至極(しごく)」

平之進は悔しそうに、床を叩いた。

隻眼(せきがん)になったのも、二十数年前に射かけられたことがもとであるから、一味への恨みつらみは半端ない。

「平之進、落ち着け」

横で権蔵がたしなめた。

怪我をした右肩にひとりの男が白布を巻いていく。その手には赤いものが見える。

「左之助、すまんな」

　権蔵が白布を巻く男に礼を言った。

「いえ、御役目ですから」

　倉持左之助はそう言って頷いた。

　この左之助も、元々刈谷藩士である。平之進や権蔵同様、やはり六郎に付き従ってきた。

　ただし左之助は医術、それも蘭方をよくしたので、今古河藩では医師としてはたらいている。

　他のふたりと違って、蘭学好きの鷹見にも好かれていた。

「あっ、痛い、痛い」

「あっ、すみません」

　権蔵が叫ぶと、左之助は頭を下げた。

「もう、少しお手柔らかに」

　権蔵はそう言うと顔をしかめた。

「権蔵、大丈夫か」

　六郎が声を掛けると、権蔵は急に笑顔で頷いた。

「なんの、これしき……」

権蔵は右腕を回したが、途中で急に顔をしかめた。

「痛っ」

「ああ、駄目ですよ」

左之助が思わず大きな声になる。

「大丈夫ですか。ご老体」

平之進がからかうように言う。

「ご老体とは何だ……最近、その呼び方が多いぞ……」

権蔵は立ち上がろうとしたが、顔をしかめて肩を押さえた。

「権蔵、無理をいたすな」

六郎がたしなめる。

「平之進、お主も口を慎め」

権蔵と平之進が頭を下げた。

ふたりを見ながら鷹見が心配そうに見た。

「殿、これで三度目と聞きましたが」

「うん、二十四年もかけてな」

「一体、誰が」

鷹見が言うと、平之進が首を振った。

「鷹見様、それがわかれば……いますぐにでも、叩き斬ってやります。わたしの目はそのせいで、こうなったのですから」

平之進は眼帯を鷹見に向けた。

「わからないから、どうにもなりませんが……」

六郎の声がそれを遮った。

「いや、分かったかもしれん」

その声に一同は一瞬、しんとなった。

「お茶が入りましたよ」

襖が開いて、ひとりの女が入って来た。

六郎の身の回りの世話をするお光である。

やはり刈谷藩の出身だが、六郎の為についてきた。

そして平之進と結婚したが、余人をもって代えがたしということで、今もその役目は務めている。

六郎と同じくらいの年のはずだが、若い頃と変わらぬ愛くるしさがあった。

「えっ」

折角、茶を運んできたのに、皆の顔は厳しいまま凍ったようになっている。お光は当惑したように夫の平之進を見た。

「ど、どうしたの」

しかし、平之進は怖い顔のままで六郎をにらむようにしている。

お光が仕方無く、茶をひとり、ひとりに配ろうとすると、平之進が大きな声をあげた。

「殿、それはどういう意味でしょうか」

六郎は懐（ふところ）から静かに二つの印籠（いんろう）を取り出して、皆に見せた。

ひとつは、真ん中で雀（すずめ）二羽が向き合って、その周囲を竹と笹で取り巻いた文様で、もうひとつは大きな丸の周囲に小さな丸が八つ並んでいる。

「仙台笹」

鷹見が声をあげた。

「九曜紋（くもんよう）」

こちらは権蔵だ。

「えっ」

平之進が首を傾げる。

何を意味するか分からぬようだ。

「それは、誰の印籠ですか」

平之進が尋ねると、六郎は口を開いた。

「さっきわたしが追った三人のうち、ふたりが死んだと言ったが、そのふたりの印籠だ」

「下手人の印籠……」

平之進が言うと、鷹見が横から口を出す。

「それは……」

六郎は再び静かに頷いた。

「恐らくな」

鷹見の顔が強ばる。

「あの、分かるように言ってくれませんか」

平之進が言うと、鷹見が口を開く。

「仙台笹、つまり竹に雀、伊達様の家紋だ」

「伊達……仙台藩のあの伊達様ですか」

平之進は声をあげた。

「そうだ」

鷹見が重々しく言う。

「そして、もうひとつ九曜紋も伊達家……いや、正確に言うと……」

「片倉小十郎の家紋だ」

六郎が鷹見の言葉に続けて答える。

平之進は呆気(あっけ)にとられていた。

「でも、なんで伊達様の家紋が」

「それは知らん」

鷹見が首を振った。

「わたしにも分からぬ」

六郎はそこで黙ってしまった。

――まだ話すわけにはいかぬ。

六郎は黙ってるしかなかった。

伊達、仙台藩の名前が出ても、平之進も鷹見も、何のことか分からぬようである。

——しかし、わたしは違う。

六郎に豊臣の血が流れているのは、伊達藩の祖、伊達政宗のおかげであると言っても過言では無い。

大坂夏の陣の折に、真田幸村は己の息子と娘を政宗に托したが、その裏で豊臣秀頼の息子、国松を預けたことが始まりである。

そして、その血は脈々と受け継がれて、六郎までに至っている。

無論、このことは他言していない。

唯一、話した相手、大塩平八郎はもうこの世にはいない。

目の前で不思議そうに首を捻る他の者とは違う。

——ただ、それにしても分からぬ。

二十四年前から三度襲われたが、弓矢を使う手口は同じだ。

三度の下手人が同じとして、それがなぜ仙台藩伊達家や片倉小十郎の家紋を入れているのか。

——己が出た藩から狙われているのか。

六郎は何とも言えぬ感覚に襲われていた。

豊臣の血をひくことは、伊達家や片倉家の中には当然知る者がいるであろう。

しかし、彼らは仲間であるはずだ。

それが二十四年前から襲ってきている……。

六郎はまるで悪夢を振り払うように首を振った。

「殿には何か御心あたりがございましょうか」

鷹見が案じたように尋ねる。

「まあ、関わりがまったく無いわけではないが」

六郎がそう言うと、平之進が手を打った。

「ああ、そうでした……」

平之進は得意そうに皆を見回した。

「確か、刈谷の先代……ではないか、利徳様が伊達のお方でしたね」

「ああ、そうだった」

権蔵も声を出す。

左之助も頷いた。

「たしかに父上は伊達からの養子で刈谷藩に入ったが、もう七十年前のことだ」

六郎はそう言って、笑みを見せた。

「関わりがあるとは思えん」

鷹見が前に出た。

「しかし、最初に襲撃したのが同じ下手人であるとすれば、それも二十四年前ですから、年期が入っております」

「確かにな」

「早速に調べてみます」

鷹見は真剣な顔で頷いた。

「ああっ、ちょっと待て」

六郎は思わず声を出していた。

無論、いずれは堂々と旗を立てるつもりだったが、万が一にも己が豊臣の出自（しゅつじ）であることが公になるのは、いまはまだ早い。

「何か」

鷹見が不審そうな顔を見せる。

「うん……ただ、相手が相手だけにな……」

六郎は繕（つくろ）った。

鷹見が笑みを見せる。

「これは殿の御言葉とも思えませぬ。大坂城代、そして来月からは京都所司代の役目に就くのです。何の遠慮などいりませぬ」

「確かにそうだが、伊達家は名門中の名門、そして仙台藩は大藩の中の大藩、六十二万石ゆえな」

仙台藩は、金沢前田の百二十万石、薩摩島津の七十二万八千石に継ぐ、巨大藩である。

「古河藩八万石とは比べようもありませんな」

平之進が軽口を叩く。

「これ、口を慎め」

権蔵が腕を押さえながら、にらんだ。

「あっ、これは失敬いたしました」

平之進が口を押さえる。

六郎は鷹見を見た。

「今の平之進の言葉、確かに一理ある。外様とてあまり刺激するような真似はしてはならぬ」

「承知いたしました。くれぐれも慎重に」

「うん、頼む」

鷹見は一礼すると、お光が持って来た茶に口をつけた。

「うん、旨い」

その言葉で、みなが一斉に口をつけた。

「うん、確かに」

「本当だ」

「こりゃ、いける」

口々に、お光の淹れたお茶を褒め称える。

「あら、そう」

お光は照れたような笑みを浮かべて、満更でもなさそうだ。

六郎はしばらくするとお光に声をかけた。

「お光、いつもすまぬな」

「いえ、殿様、こちらこそ」

六郎は茶を飲みながら、考えていた。

死んだ下手人が持っていた印籠を見た時、伊達家とその重臣片倉小十郎が関わっていることは瞬時に分かった。

ただし、その経緯は分からない。

豊臣の血を保護して、こうして六郎を幕府の中へ入れる策を真田幸村より引き継いで実行してきたのは伊達なのだ。

――それがなぜ、わたしを襲う。

そして今考えているのは、その印籠を皆に見せたことであった。

――これで良かったか。

伊達が絡んでいることを知られるのは、得策では無かったかもしれない。己の出自と関わりのある重要な藩であるのだから。

しかし、六郎には別の考えがあった。

もし伊達が二十四年前から襲撃してきているのであれば、出自がどうあれ、もはや敵である。

――ならばできるだけ早く叩くに越したことはない。

六郎ひとりで抱えているよりも、信頼できる家来たちにも報せて調べさせる方がいい。

もっとも、それもあまり大っぴらにやると、伊達の方も何か仕掛けてくるかも知れなかった。

ひょっとしたら、六郎の出自を天下に知らしめることさえあり得る。

無論、そうなれば幕府も黙っていないであろう。

——切腹などでは済まぬ。まず間違いなく、首を刎ねられる。

しかし、六郎はもはや、そんなことを心配していなかった。

それよりも案じているのは、己の年齢である。

この年、四十九になり、来年で五十となる。

——人間五十年。

信長にならえばそうなる。

こうして奏者番から始まり、大坂城代、京都所司代と昇り、幕閣の中枢、老中にあと一息のところまで来た。

そしてそうなれば徳川から天下を奪い返し、豊臣の下に天下を治めるのも夢ではない。

ただ、もう五十である。

——あまり時は無い。

このところ、そのことで焦りを覚えていた。

それゆえ伊達家のことも少しでも早く決着をつけたいし、また一日も早く幕閣に入りたいのだ。

そして早晩、豊臣の末裔であることを宣して旗を立てるつもりだ。

――それゆえ、身元が早くに明るみに出れば、旗揚げが早くなるだけ。時の無いわたしには、それもひとつのきっかけとなるかもしれない。

そんな風に考えると、六郎は落ち着いてきた。

そう、恐れるものは、何もない。

――たったひとつ、年を取って、何もできずに死んでしまうことだけが、恐ろしい。

六郎はしっかりと前を見据えた。

四

「さすが、京の町は雅でございますな」

平之進がそう言うと、六郎は頷いた。

「うん、確かに」

平之進は辺りをきょろきょろ物珍しそうに見回している。

「これ、平之進、少し落ち着け。はしたないぞ」

権蔵がたしなめる。

しかし、平之進はきょろきょろするのをやめない。

「これだから、田舎者は困る」

権蔵が言うと、平之進はむっとした。

「田代さんに言われる筋合いはありません。出身は刈谷で、古河に行って、大坂、京都と来た。まったく同じではありませんか」

「何を言うか。そういう意味では無い。その心持ちだ。心持ちが賤しいとそんな風にきょろきょろしてしまうのだ」

権蔵はそう言って六郎を見た。

「殿、くれぐれも御用心を」

「うん、分かっておる」

六郎は言いながら、後ろに続く十人以上の供侍に呆れていた。

京都所司代に就任した六郎に与えられた屋敷は、京都、二条城内にあった。

関ヶ原で勝利した家康が建てた城の中に、大きな屋敷をいくつかあてがわれている。

就任早々、早速に平之進と権蔵を連れて京の町に出ようとしたが、鷹見が激しく首を振った。

「何をお考えでしょうか。刺客(しかく)がいつ襲ってくるとも限りません」

鷹見の顔は真剣だ。

「折角、ここまで来たのです。もう、殿おひとりの体ではございません」

六郎が出世することをひたすら願って、その為に身を粉(こ)にして働いてきた鷹見からすると、あと少しで老中という頂上を前にして、つまらぬ襲撃によって命を落とされてはたまったものではないということだろう。

「それは分かっておるが、京都に来て京都の町に出るなと言うのも酷であろう。平之進や権蔵も見たがっておるし」

「ならば、供をお連れいただいて……」

「だから、平之進と権蔵がおるではないか」

「あのふたりでは役に立たないと大坂ではっきりしたではないですか」

苛立(いらだ)たしそうに言うと、鷹見は立ち上がり、出て行った。

そして戻って来た鷹見が連れてきたのが、所司代の同心たちである。

およそ二十はいる。

「この者達が付きますすゆえ」

鷹見はそう言うと、同心たちは六郎の後に並んだ。

そうして六郎一行は、二条城を出て歩き始めていたのだった。

二条城を出て、堀川通りを上がり、すぐにある丸太町通りを東へしばらく歩くと御所がある。

京都所司代として向かえば、それなりの遇され方もするであろうが、今日はただの武家である。

中に入ることはもちろん、前に立って見るのも難しい。

そのうえ、二十人以上の大勢である。

京都所司代の同心であることは分かるが、それでもどこか変な一団に見えたのは間違いない。

「参ったな」

六郎は苦笑しながら、歩いて行く。

「こちらです」

権蔵が案内をしてくれる。刈谷藩士の時に、寺参りをする藩主のお供で京都に行ったことがあるらしい。

更にまっすぐ東へ向かい、鴨川を渡った。

「これが鴨川の水か」

六郎は感嘆したような声をあげた。

その昔、白河上皇がままならぬものとして、双六（すごろく）の賽（さい）、山法師と並んで挙げたひとつである。

横で平之進が怪訝（けげん）な顔をした。

「殿、鴨川の水が何か特別なのですか」

「いや、そうではない」

「では、どうして……」

平之進が尋ねるのを、権蔵が遮（さえぎ）った。

「さっ、この橋を渡ります」

六郎は頷くと、丸太町橋を東へと渡る。

そして一行はそのまま直進して、聖護院（しょうごいん）の前に出た。

「いやはや、立派な物ですね」

平之進は感心しきりだ。

権蔵も唖然（あぜん）としている。

「権蔵は二度目なのではないのか」

六郎が問うと、権蔵は頷いて、その後首を横に振った。

「はい、二度目ですが……やはり、息をのみます」

六郎も大きな門や本堂を見ながら参拝した。

そして、権蔵に引っ張られて今度は南へと歩き始めた。

しばらくすると、やがて寺院の入口に立った。

「青蓮院（しょうれんいん）でございます」

権蔵が六郎に向かって話す。

「殿の好きな弘法大師でなく、伝教大師が開いた寺ですな」

権蔵はいかにも知っているという風で話す。

「年の功だな」

平之進が横で皮肉を言うが、権蔵は相手にせずに進んで行く。

六郎も嬉しそうに付いていく。

ただ、供に出てきた同心たちは、つまらなそうな顔をしている。

六郎と平之進は京都が初めてであり、権蔵は何十年かぶりの二度目であるのに対して、同心は生まれた時から京にいる者ばかりだ。

もう、どんな名所、旧跡でも慣れっこで、ありがたみがない。

かと言って、命令ゆえ六郎の傍(そば)を離れることはできない。

手持ち無沙汰で、歩き方も緩慢で、中には欠伸(あくび)を連発している者までいた。

権蔵は歩き続ける。

「ここが知恩院です」

鎌倉時代に法然が開いた名高い寺院の中に入る。

「これはまた大きな寺ですね」

平之進が再び感心したような声をあげた。

「お主は、大きい、大きいばかりしか言えぬのか」

権蔵が平之進をからかう。

「大きいのは間違いございません」

「そんなこと、いちいち言わずとも分かっておる。もう少し、気の利いたことを言えと言ってるのだ」

「あいにく、雅なものはわかりませんので」

平之進が皮肉を言い返した。

そうして知恩院で参拝したが、そこで六郎は供侍に近づいた。

務めを終えて、昼を一刻(いっとき)ほど過ぎてから出てきたが、春の日はまだまだ短く、もう日が傾きかけている。

「皆の衆、今日は御苦労であった。帰っていいぞ」

六郎がそう言うと、ひとりの年配の侍が膝をついて前に出た。

「殿様、それはなりません。わたしらは鷹見様に申しつけられておりますゆえ。用件が終わるまでは……」

「うん、それは承知している」

六郎は侍を見た。

「その用件が終わったのだ」

六郎の言葉に、侍は不思議そうな顔をした。

「あとはわたしとこのふたりでいい」

「しかし、命令が……」

「京都所司代はわたしだぞ」

六郎が笑いながら言うと、侍は控えた。

「とは言っても、わたしらより先に帰っては、鷹見がうるさいだろう」

六郎は懐（ふところ）から財布を出すと侍に渡した。

「適当にそのあたりで酒でも呑んでから戻れ。わたしらも、まあ、日暮れまでには帰るゆえ」

「はは」

侍は嬉しそうな顔で財布を受け取ると、何度か六郎の方を見てペコペコしながら皆を促して行ってしまった。

「帰らせたのですか」

権蔵が心配そうな声を出す。

「うん、どうも、あまり楽しそうではなかったのでな」

「そりゃ、御役目ですから……」

権蔵は首を振った。

「家臣につまらぬ仕事をさせてはならぬ。上に立つ者の鉄則だ」

「しかし……」

権蔵はまだ何か言いたそうにしている。

「まあ、わたしがいれば殿には決して触れさせませんから」

平之進が気楽な顔をした。

「ついておりますから」

「いや、今日はいい」

「えっ」

「お前たちも帰るのだ」

そう言いながら、六郎は平之進と権蔵に顔を近づけて何かささやくと、ふたりの背中を押した。

「さあ、今日はもういいぞ」

平之進と権蔵は、仕方なさそうに歩き始めた。

六郎はひとり歩いて行く。

道を今度は少し西に入り、八坂神社の前を通って、東大路通りに出た。

——地図は頭に入っている。

そして真っ直ぐに南へと下って行く。

夕陽がいよいよ傾き、西の空を赤く染めている。もうしばらくで日は沈むだろう。

六郎は構わずにどんどん歩いた。

そして七条通りを右に入り、西へと行くと、そこに朱色の建物が見えてきた。

「蓮華王院（れんげおういん）、三十三間堂（さんじゅうさんげんどう）か」

六郎はぼそっとつぶやいた。

後白河法皇が平清盛に命じて造営させた建物だが、江戸時代になってからは専ら通し矢で有名だ。

西軒下の南から北まで、約六十六間（百二十一メートル）の間を矢で通して的を射貫くのだが、中でもそれを一晩中行いその数を競う大矢数は、以前はよく行われており、挑戦する者も多かったという。

しかし、近年はそれもほとんど廃れてしまっていた。

六郎はゆっくりと歩いて、その西軒下まで来た。

そして、いまだに的が置かれている北の端の辺りまで来て足を止めた。

六郎はしばらく立ち尽くしていた。

もう辺りは薄暗くなってきている。

その時、びゅっという音がした。

しかし六郎は、まるで慌てずに、さっと軒下の方へ身を避けた。

矢が次々に飛んでくる。

だが、六郎はあらかじめ考えておいたとおり、軒下の陰になる所へ体を入れて動かない。

矢は何本も来るが、六郎の隠れた所には届く気配はない。

やがて南の方から声がした。

「おう」

「うわっ」

「何だ」

大きな叫び声が次々に聞こえた。

六郎はその瞬間、走り出した。

声のした南に向かって。すぐに南の端にやってくると、平之進と権蔵が抜刀している。

相手は三人だが、すでにふたりは倒されていた。

ひとりの男だけが抜刀して、平之進と権蔵に向きあっている。

「平之進、権蔵、大丈夫か」

「はい」

「ご覧のとおり」

平之進と権蔵は相手と向かい合ったまま答えた。

「うまく行ったようだな」

近づいた六郎は相手を見た。

「あの時、ふたりを殺して逃げた者だな」

六郎がそう言うと、相手の男は六郎に向き直った。

しかし、口は開かない。

「誰の差し金か」

相手は黙ったままだ。

平之進がじりっと詰め寄った。

相手は下がろうとするが、そこへ権蔵も横から近づく。ふたりを前に相手は焦ったような顔を見せた。

「今度は逃げられん。それに失礼ながら、だいぶお年のようだな」

六郎が言うと、今度は相手の男が怒ったような顔になった。

髪には白いものがまじり、顔にも深い皺（しわ）が刻まれている。

五十はとうに越えているだろう。

六郎含めて三人に囲まれて、焦っているのが見て取れる。

「たー」

相手の男が斬りかかったが、それを平之進が跳ね上げた。そして六郎が男の腕を取り、ねじ上げる。

権蔵がそれを後ろから押さえこんだ。

「観念しろ」

六郎が言うと、相手の男はがくっと頭を垂れた。

「伊達の御家中が、なぜかようなことを……」

六郎が尋ねると、相手ははっと顔を上げた。

「どうして、それを……」

「やはり、そうか」

六郎は頷いた。

「しまった……」

相手の男は悔しそうな顔で六郎をにらんだ。

しかし、六郎の顔も曇っている。

「平之進、権蔵」

「はっ」

「はい」

「悪いが、少し離れてくれんか。そうだな。あの的のところで待っていてくれ」

「えっ」

平之進が首を捻(ひね)った。権蔵も驚いている。

「あの的のところだ」

もう薄暗くて見えにくくなっているが、六郎は促した。

「あそこで待て」

平之進と権蔵はそれでもしばらく怪訝(けげん)な顔をしていたが、やがて歩き出していく。

しばらくして、六郎は相手の男を見た。

「名前は」

かたくなに口を閉ざすかと思ったが、相手は意外にも口を開いた。

「それはやめておきましょう」

「伊達の方がなぜ、わたしを狙う」

「それは、土井様が一番おわかりかと思いますが」

相手の声は丁寧だが、目は射貫くようにして六郎を見た。

「人払いしていただいたのは、こちらとしても感謝いたします。知る者が増えれば、それだけ手間がかかりますゆえ」

「伊達家はなぜ今になってわたしを葬(ほうむ)りたいのか」

「無論、御家の為」

相手の声が鋭くなった。

六郎も相手を見据える。

しばらく沈黙が流れたが、六郎が口を開く。

「豊臣の血を受け継がせたことを、今になって後悔されているということか」

六郎の問いに、相手は頷いた。

「左様、今更、そんなことになっても、誰も喜びません。そしてもし土井様の存在が幕府に知れたら、伊達の家はお取り潰しだけでは済まぬでしょう」

「そうか。わたしを葬って、豊臣の血など無かったことにしたいのだな」

「左様」

「それだけで二十四年も狙ってきたのか」

「それだけでと申されますが、大名家はそれだけ、つまり御家存続を一番に生きております」

六郎は黙って聞いている。

相手ももう何も言わない。

倒れているふたりを見ながら、ようやく六郎が口を開いた。

「それで、もう弓矢の達人はお主だけになったようだが、それでも続くのか」

相手の男はにやりとした。

「それはもちろん。わたしが死んでも続きます」

「左様か」

六郎が頷いた。

「ひとつだけお尋ねしてもよろしいでしょうか」

「どうして、ここへ来られたのですか」

「最後の弓矢になると思っていたからだ」

六郎はもう一度ふたりの亡骸(なきがら)を見た。

「なるほど、それでこの三十三間堂をお選びいただいた」

「左様。弓道を究めた者なら、ここがいいと思った」

「かたじけない」

相手の男は頭を下げた。

「で、いかがいたしますか」

相手の男の言葉に、六郎は苦笑した。

「お主はどうしたい」

「やはり最後は弓で」

「そうか」

六郎は傍(かたわ)らに落ちていた弓と矢を取ると、男に渡した。

そして己(おのれ)は抜刀する。

男はよろよろと立ち上がりながら、弓に矢をつがえた。

六郎は相手を見たまま、後ろに下がって行く。

かなり遠くに下がったところで声を掛けた。

「この辺りでどうか」

「わたしは構いませぬが、土井様にとっては遠すぎませんか。不利ではございませんか」

「二の矢が継げるか」

「御意(ぎょい)」

「それもまた良し」

「では、参りまする」

「うん」

相手の男は強弓を力強く引くと、六郎に狙いを定めた。

ふたりの視線が交差する。

男の手から弦が離れた。

風切り音とともに、矢が発射される。

近距離を一瞬で飛んだ矢が胸に刺さったと思った時、六郎は体を丸めるようにして前に回転した。

「あっ」

男が二の矢を継ごうとする。

しかし六郎は、刀を持ったまま、二回転するとそのまま立ち上がり、男を弓ごと袈裟懸けにした。

ブンという音がして弦が切れて、男の体から血飛沫が上がった。

「ぐっ」

相手の男はそのまま前に倒れていく。

六郎は更にその首を突いた。

「介錯……痛みいりまする……」

男は地面に突っ伏したまま、動かなくなった。

しばらくして体から流れ出た血が、地面に広がって行くのが見えた。

「成仏せよ」

六郎は血を拭くと刀を納めた。

――これで伊達も敵か。

六郎はそうつぶやくと手を挙げた。

的のところにいた、平之進と権蔵が走ってくる。

「殿、御無事で」

「大丈夫ですか」

ふたりは駆け寄ってくるや、六郎の無事を見て笑みを見せたが、男が血を流して死んでいるのを見て顔をしかめた。

「どういうことでしょうか」

平之進が尋ねる。

「さてな。よく分からぬが、何かわたしのことを逆恨みしていたようだ」

「逆恨みって、何のことでしょうか」

「それは分からぬ。逆恨みとはそういうものだ」

「はあ」

平之進は納得していない顔をした。

しかし、六郎は歩き出した。平之進と権蔵もついていく。

しばらく歩いて、平之進が口を開いた。

「しかし、うまくいきましたね」

「ああ、殿の計略どおりだった」

権蔵も相槌(あいづち)をうつ。

平之進は嬉しそうだ。

「ひとりになった振りをして、誘い出す。しかも三十三間堂なら、矢の放つ場所にうまく引き込めると言いましたが、本当にそのとおりでしたね……」

「ああ、だから、南の端で待っていると賊が三人やってきた……」

「それをまずわたしとご老体でひとりずつ斬り……」

「ご老体ではない」

「あっ、失敬」

平之進は微笑んだ。

権蔵も嬉しそうにしている。

平之進は六郎を見た。

「まさに殿の仕掛け通りになりました」

しかし、六郎は厳しい顔のままだ。

「殿、まだ、何か」

「うん。ああ、いや、よくやってくれた。これで二十四年の恨みが少しは晴らせたか」

「ええ、まあ、どの男の矢がわたしの目を奪ったか知りませんが、ようやくこれで少しは気が晴れました」

「それは良かった」

そこで六郎は立ち止まった。

そして平之進の方を向くと、頭を深々と下げた。

「な、何を、されるのですか」

平之進は慌てて、手を振った。

「頭を上げて下さい。困ります」

まさか主君にお辞儀されるとは思っていなかった平之進は、泡を食っている。

横にいる権蔵も唖然としている。

「殿……」

そこでようやく六郎は頭を上げた。

「その目はわたしのせいだ……」

「と、とんでもない」

「いや、わたしの身代わりになってくれたからだ」

「だって、それは違うと……」

「いや、わたしの傍にいたから、そうなったことは間違いない。今まで、そのことに関して不満のひとつ言わなかった。済まなかったな」

「いえ、いえ」

「少しでも気が晴れてくれて良かった」

「はは」

「長いな～。お主とは」

「はあ、確かに」

「お互いだいぶくたびれてきたが、この先もひとつ頼むぞ」

「もったいない御言葉」

今度は平之進が頭を下げた。

「いや、良かった。良かった」

横あいで権蔵が頷いた。

平之進が頭を上げた。

「殿、これからも末永くよろしくお願いいたします。くたびれたと言いましても、かようなご老体もまだ動いておられますから……」

「なんだと。まだ動いているとは、何だ」

権蔵が平之進をにらんだ。

「いえ、ですから、お達者で……」

「達者とは何だ。まるで死にかけのような扱いではないか」

「何もそんなことは言っておりません。ただ、お年の割には……」

「だから、年のことを言うな……」

「誉めてるのですよ……」

ふたりは言い争いを始める。

六郎は横で苦笑していたが、やがて歩き出した。

「もう暗い。帰るぞ」

六郎の足は二条城へと向けられた。

「随分と遅かったですな」

鷹見は少し怒ったような声を出したが、それ以上は言わなかった。

先に別れた同心たちも、ゆっくり時をあわせて帰ってきたようで、どうやら、今日の襲撃とそれを斬ったことは、知られてはいないようだ。

しかし、鷹見はそのことよりも、もっと大きな別の話をしたがっていた。

横には平之進と権蔵もいるが、これはいつものことで鷹見も気にも留めていない。

「殿、実は、先ほど文が参りまして。内々にということで、わたくし宛てと殿宛てに別々に参りました」

「そうか」

鷹見の名は非常に知られるようになり、政に関しては鷹見宛ての手紙は数多く来る。

ただ、ふたりに宛てて別々に同じところからというのは珍しい。

「で、どなたからだ」

鷹見は頷くとひれ伏す形をとって、書状を六郎に差し出した。

六郎は手に取って開く前に、まず裏を見た。

そして、その差出人の名を見て驚いていた。

「水野……忠邦殿……」

「左様」

鷹見が少しだけ顔を上げて頷いた。

「苦しゅうない」

鷹見が頭を上げる。

「以前、お話いたしました。水野忠邦様、老中になられて、もう三年になります
る」

六郎は頷くと、手紙を目で読み始めた。

しばらくは黙って読んでいたが、やがて終えると鷹見を見た。

「江戸に参れということだな」

「御意。わたしへの手紙も同じようなことがありました」

「ただ、話があると書いてあるだけで、具体的なことが分からぬ」

「確かに。ただ、良い話ではないかと……あくまで勘でございますが」

鷹見はそう言うと、笑みを見せた。

「この四月、つまり先々月に家斉公が五十年就いた将軍職を家慶(いえよし)公に譲られまし
た。しかしいまだ家斉公が大御所となって、政の実権を握られているのも、また、

間違いないことです」

「うん、それは聞いておる。で、それが良い話と関わりあるのか」

「はい、今はそうですが、家慶公と水野様は年は一つ違いで四十代前半、また西ノ丸老中の時からお仕えしており、いずれはふたりが政をなされるのは間違いないことでございます」

「であろうな」

「そこで、殿でございます。殿は京都所司代、それは前にも申しましたように、老中への前段階でございます」

鷹見の顔に再び笑みが浮かんだ。

「恐らく、数年のうちに老中になるはず。そして、老中は家慶公、あるいは水野様ご自身が味方にしたい人に決まります」

「わたしがか」

「御意。今はまだ家斉様の時代から居る老中がおりまして、首座の地位なども占めております。しかし、いつまでもそうは参りません……」

鷹見が声を低く落とした。

「大御所様も六十五。さほど長くはございません」

「これ」

六郎は形ばかりに諫めた。

一度会ったことのある家斉の姿を思い出していた。

鷹見が頭を下げる。

「これは失礼いたしました。しかし、わたしの意をおくみいただければ幸いでございます」

「続けよ」

「はい。その折には、さっき申した家斉様の時から居る老中はもう要りません。恐らく切れ者の水野様のこと、さっさとお払い箱にするでしょう。そして、その時に必要なのが新しい人材でございます」

「言いたいことはよく分かった。で、いかがする」

六郎は手紙を振った。

鷹見は間髪を入れず答えた。

「無論、早いうちに江戸へ参られるべきです。そして、水野様にお目にかかって、気に入られて、是が非でも、その人材に加えていただくのです」

「気に入られんとどうなる」

「老中は難しいでしょうな」

「なるほど、はっきり言うの」

「はい、殿には何としても幕閣に入っていただき老中職に就いていただくと、この鷹見決めておりますゆえ」

「それは心強い」

六郎は笑顔で鷹見の方に向き直った。

「早速返事をして、できるだけ早い時期に参りますと応えよ」

「承知いたしました」

鷹見は立ち上がると、廊下へと出て行こうとしたが、座り直した。

「殿、どうやら京都の雪の観察は難しいかもしれませんな」

「はは、まさか。今年の冬くらいは、まだおるだろう」

「いや、もう今年の終わりには江戸で老中職かもしれません」

鷹見はそう言うと、今度は本当に出て行った。

六郎は当時最新鋭の顕微鏡をオランダより取り寄せて、雪の結晶を観察して絵にするのが楽しみであった。

もう随分長くやっており、大名たちと会うときはそれを見せては、喜ばせていた。

しかし、京をそんなに早く離れるのか。

ちょっと信じられなかった。

「殿、いよいよ老中でございますか」

平之進が口を出す。

「聞いていただろう。水野殿に気に入られんと駄目らしいぞ」

「殿なら、大丈夫です」

「はは、平之進、お前が決めることではないわ」

「はっはは、それはそうです」

六郎に続いて、平之進も笑った。

「もちろん、江戸にもついて参ります」

それを聞いて、権蔵も口を出した。

「ああ、それはわたしめもまったく同じです」

「ははは、ふたりとも気が早いぞ。まだ京都に来たばかりではないか」

「それはそうですが……」

平之進は六郎を見た。

「ここの暮らしはなかなかに苦労することが多うございます。江戸の方が、暮らしやすそうです」

「それは、この田代権蔵もまったく同じです。江戸に行きたいです」

「ははは、そのような理由は認められないぞ」

六郎は笑いながら、そう言った。

――もし鷹見の話が本当なら、まさに千載一遇（せんざいいちぐう）の機会だ。

豊臣が徳川幕閣に入って、天下を取る機会。

――逃がしはせん。

六郎はその強い心を確認するように、ひとり頷いていた。

第二章　老　中

一

「これは、これは。お待ち申していたぞ」

水野忠邦はそう言うと、立ち上がるや出てきた。

「さ、さ、こちらでござる」

忠邦はそう言って、六郎の手を取るようにして中へと入れた。

江戸城内御用部屋。

大老、老中、若年寄という幕府内でも最高の役職にいる者たちが詰めて職務に励む部屋である。

六郎は老中水野忠邦のたっての希望を受けて、京都から江戸へと入っていた。

急なこともあり、随行したのは家老の鷹見泉石（たかみせんせき）、それに側用人の寺田平之進（へいのしん）と田代権蔵であった。

もっとも、この御用部屋内には、六郎ひとりだけが入っている。

「さあ、そう、窮屈にならずともよい」

忠邦はそう言って、六郎を前に座らせた。

「大炊頭殿、よう来られた」

忠邦がいきなり官名で呼んだ。

六郎は少し戸惑っている。

「この部屋では老中同士は官名で呼び合うしきたりでな」

忠邦はそう言って笑った。

「左様でございますか。水野殿……」

「越前とお呼びくだされ」

「ああ、越前殿」

六郎が言い直すと、忠邦は微笑んだ。

──やはり、なかなかの切れ者だ。

以前からその噂は鷹見などから聞いていたが、いざ会ってみると六郎は深く感じる。

年齢は四十代の前半ということだが、色白の細面（ほそおもて）で年よりも若く見える。

しかし、それは決して若造に見えるという意味ではない。

若いがむしろ、とても老獪（ろうかい）な感じを受ける。

実際、部屋に入るなり、立ち上がって六郎を丁重に迎えたりするのは、老中らしからぬ軽々しい動きにも思えるが決して不快ではなく、むしろ好感を持たれるだろう。

そして逆に官名で呼び合うことで、未だ老中ではないが、もう老中になったような気分にさせることで、気持ちを高揚させてくれる。

――気をつけんとな。

六郎は心の中で苦笑していた。

「早速ですが、此度（こたび）、お呼びいただいたご用件はなんでございましょうか」

六郎が言うと、忠邦の顔が柔和（にゅうわ）になった。

「大炊頭殿、それは無論、今後のことでござるよ」

「と申されますと」

そこで忠邦の顔がきょとんとなった。

次の瞬間、大声で笑い始める。

周囲の老中や若年寄りが訝しむほどであり、中には「大丈夫か」とわざわざ声を掛ける者までいた。

「はははは」

しかし、忠邦は笑い続けている。

六郎は何も言えない。

やがてようやく忠邦の笑いがおさまった。

「これは、最初から、なかなかの御仁でございますな」

六郎はいよいよ意味が分からない。

「いや、水野殿……」

「越前で構いませぬ」

「ああ、越前殿、本当に分からぬものでして」

その言葉に、忠邦はようやく笑うのをやめた。

「これは、大炊頭殿、白々しい」

忠邦は六郎を見た。

「無論、今後の政のことでござる」

「政……」

まだ六郎は当惑している。

忠邦は構わずしゃべり出した。

「実は、この水野、老中職の中で今年より勝手掛に任じられました」

「それは祝着至極」

「ありがとうございます。ただ、この御役目、なかなかに難しい。特に昨今の情勢においては」

勝手掛とは、いわゆる勝手、つまり財政を担当する役目である。もちろん、幕府全体の勝手であり、その扱う額は膨大であった。

忠邦の言葉が続いた。

「諸色、つまり物の値段が上がっている。なかでも米の値段の急騰……ああ、これは釈迦に説法でございましたな」

忠邦は大塩平八郎の乱のことを言っている。

平八郎の乱の原因は、米の値が上がり、庶民が飢えたことであった。

「他にも、とにかく、財政、平たく言えば金のことでは幕府も頭が痛い問題を抱えております。なかなか特効薬が見つかりません」

「なるほど」

「それゆえ、近い将来、是非、お知恵を拝借できれば幸い」

「わたしは京都所司代でございますし」

「ははは、ですから、そういつまでも惚(とぼ)けずとも……」

忠邦は真面目な顔になった。

「ここは人がおりますゆえ」

忠邦は立ち上がると、六郎を誘い、廊下に出て、少し広くなっている奥まった所へ案内した。

「ご存じのように、ここは吉良上野介(こうずけのすけ)が斬りつけられた場所」

忠邦がにやりとした。

六郎は頷いた。

「奏者番(そうじゃばん)時代に聞いております」

「ゆえに、人が避けておって……」

忠邦は六郎を見た。

「密談には最適な所」

「なるほど。で、何のお話でしょうか」

「大炊頭殿、大塩平八郎の乱について、忌憚(きたん)なきところを是非聞かせていただきたい」

忠邦の言葉に六郎は一瞬、絶句した。

大塩平八郎とは浅からぬ関わりがある。

乱の際に一緒に決起しようとまで持ちかけたこともあり、また逃亡の手助けもしている。

更に、最後は平八郎からその死を手柄にするように、とまで言われていた。

──まさか、知ってるのか。

しかし、それだったら、恐らくこんな風に江戸城内を歩くことなどできぬはずだ。

──打ち首、獄門になってもおかしくない。

六郎は返事をした。

「忌憚なきと申されますと」

「まさに忌憚なきところを」

六郎は忠邦が何かを計っているように感じた。

──気に入られるようにしてください。

家老の鷹見の言葉が耳に残っている。

年こそ若いが、次代の権力者になるであろう忠邦である。

大塩平八郎の乱など、不愉快でしょうがないはずだ。

そのような意見を言うのが一番無難であろう。しかし、平八郎のことを良く知る六郎にはそれはできない。

――本音をぶつけるしかない。

六郎は忠邦を見た。

「とてつもない御仁であったと思います」

その言葉に、忠邦の顔は強ばった。

六郎は構わずに続ける。

「米の急騰による庶民の苦しみに対し、私財をすべて投げ打ち、更に借金までして救おうとしたことは誰も真似できませぬ」

忠邦は黙って聞いている。

「確かに、やり方について様々言う方もいらっしゃいますが、他に世を正す方法があったのかと問われると、わたしには分かりません」

忠邦はまだ口を開かない。

「恐らく、ああするしかなかった……」

そこで六郎は声を低くした。

「……もっと言えば、あそこまで追い込んだ方に咎があると……」

そこで忠邦は黙ったまま、掌を見せるように手を前に出した。

六郎は口を閉じた。

強ばっていた忠邦の顔がいきなり破顔一笑した。

「さすがでござる」

忠邦は深く頷いた。

「実は大炊頭殿のお噂はかねがね聞いておりました。特に家老の鷹見泉石が、切れ者とのことで名高いとのこと。しかし、わたしはかような風聞には騙されませんでな」

「鷹見が優れた家老であることは、間違いありませぬ」

「ああ、もちろんそうでしょう。だが、そういう場合、その上に立つ者は表に出て来なくても、もっと有能だということが多い。いや、むしろ、人を使える能力のある者は、有能だけでなく器が大きい」

「買い被りを」

「いや、いや。今の大塩平八郎に関わるご発言もそうだ。仮にも老中の末席にいる者の前で、下手をすれば、いやしくなくても、幕府批判ともとれるご発言、なかなか度胸も据わっておられる」

　忠邦は微笑んだ。

「本音を申していただき、嬉しゅうござる」

　六郎は軽く会釈した。

　――この水野忠邦という男もどうやら一筋縄ではいかぬ男のようだ。

　忠邦が今度は声を落とした。

　周囲には誰も居ないが、それでも大事を語る時には、声が低くなるのは人の常のようだ。

「そのことに関しては、わたしもまったく同じ意見だ」

　六郎は顔を上げた。

　忠邦の顔は真剣そのものだ。

「どうも、幕府内も、お恥ずかしいことに、贅沢三昧で、まるで庶民の苦しみが分かっておらぬ者が多く見られる」

「そうなのですか」

「うむ。いずれ大炊頭殿が幕閣に入ればすぐに分かることだが、もはやその奢侈は到底許容できるものではない。そして片や、民が餓死するのを、見ようともしない。そのようなことで、政などできるはずもなく」

「それは一体、どなたの……」

忠邦は己の唇の前に指を立てた。

「それは……いずれ」

忠邦はそう言うと、六郎を見た。

「ただ、わたしの目に間違いはなかったようだ。いや、それ以上のお方だと、はっきり分かり申した」

六郎は黙って聞いている。

「大炊頭殿、時が来ましたら、必ずお呼びいたします。その時は頼みますぞ」

忠邦はそう言うと頭を下げた。

「承知いたしました」

六郎はそう返事をすると、同じように頭を下げていた。

「それは良うございましたな」

鷹見が嬉しそうに言う。

「これで、いよいよ老中でしょうか」

平之進が横から口を挟んだ。

江戸城での忠邦との面会を終えて、六郎は古河藩江戸藩邸に戻っていた。

「何もそんなことは言っておらん」

六郎は皆をたしなめるように言う。

「いや、でも、決まったようなものでは……」

権蔵まではしゃいでいる。本来なら止める役目の鷹見もにこやかにしていた。

六郎は皆をもう一度見た。

「わたしの言いたいのは水野忠邦というお方は、決して飾りだけの老中ではないということだ」

六郎は大きな声になっていた。

「少なくとも、今の世を変えようとしているのは間違いない」

「そうなのですか」

平之進が尋ねた。

「うん、立派な御仁だ。改革をなさろうとしているのは間違いない。そこはまさに肝胆相照(かんたんあいて)らした、ただそう言ってるだけだ」

六郎が言うと鷹見が口を開く。

「それで、いずれ、その改革を行う時には、真っ先に殿にお声を掛けるとおっしゃられたのですね」

「確かに」

「それは、もう決まったも同然」

「これ鷹見、その方まで、そんなことを言うのか。取らぬ狸(たぬき)の皮算用というではいか」

「御言葉ですが、狸よりも老中の方が今は取りやすいようです」

鷹見が言った瞬間、周囲がどっと笑った。

「ははは」

「わははは」

そうしてしばらく皆は盛り上がったが、やがて夜がふけてくると、それぞれ部屋を出て行く。

「鷹見、少し残ってくれ」

「御意(ぎょい)」

他の三人が出て行った後、六郎は鷹見に尋ねた。

「今の幕閣で越前殿は、どのような所におられるのか」

六郎はそう言ってから、付け加えた。

「わたしの言ってる意味が分かるか」

「もちろん」

鷹見は頷く。

「殿が仰せなのは、水野様の今の立ち位置ということでしょう」

六郎が頷くと、鷹見は話し始めた。

「今年になって家斉公が大御所となり、家慶（いえよし）様が将軍に就きましたことは周知のことでございます」

鷹見の声が少し低くなる。

「しかし、とは言っても、将軍を、それも五十年という途方もない期間つとめた大御所様が、急に力を失うはずもなく、実権はいまだにそちらにあるとの噂は聞こえて参ります」

「なるほどの」

「ちなみに現将軍、家慶様は当然、本丸にお住みです。それに対して、嫡男は西ノ丸にいらっしゃいます。そして今は、大御所様はそちらにおられます」

鷹見はそこで六郎に尋ねた。

「かような話は、水野様からは出ませんでしたか」

「あの御仁は人懐っこそうに見えて、己からべらべらと話すような御仁ではないな」

「やはり、抜かりがありませんな」

鷹見はそう言うと話を戻した。

「そして今、家慶公を中心に傍（そば）に仕える水野様たち本丸派と、大御所家斉公の古くからの重臣の老中たちからなる西ノ丸派がございます。そしてお互いに、張り合っております」

「なるほど」

「家慶公としては長く続いた家斉公の政を刷新したく思っておられるようですが、今も申したように当の家斉公よりもその周囲がなかなか実権を離そうとしないようでして」

六郎は頷いた。

――それで忠邦側につけということか。

六郎は鷹見に問うた。

「で、この先の見通しはどうだ」

「さて、何せ、将軍と大御所の間のことですから、わたしには分かりません」

そこで鷹見は一旦間を置いて、再び話し始めた。

「ただ、今の幕府の台所は火の車と聞いております」

「家斉公の残したつけが大きいと聞いておる」

「はい。正式な子どもの数だけでも、三十人以上、総数は五十とも七十とも言われております。さすがにこれだけの人数を育てるとなると、それだけでも莫大な額がかかります」

「将軍の子だ。邪険にはできまいな」

「おまけに、このところ、何度もあった飢饉。これは大坂のことを思えば、われらもよく分かっておりますが……」

「うん、庶民が飢え苦しんでいるのは、今も変わらぬ。いや、ひどくなってきているとも聞いている」

六郎は哀しそうな顔をした。

鷹見の言葉は続く。

「更に言えば、奢侈な生活は大御所様だけではございません。いや、むしろその周辺が余りにもひどいと聞いております」

　鷹見は厳しい顔になった。

「特に水野は水野でも、老中、水野忠成……」

　いつも冷静な鷹見が人を呼び捨てにするのは珍しい。

「そんなにひどいか」

「はっ、この忠成はもう亡くなりましたが、賄賂（まいない）を取ることだけを田沼意次殿から受け継いでいたような有様でして。他の幕閣もこぞって腐敗しておりました。公私の区別無く金を湯水の様に使い、浴びるほど受け取るといった具合でございます」

「それは、ひどいな」

「今も申しましたように、この水野忠成は死にましたが、他の老中や若年寄などはいまだ力を持っている者も多くおります」

「忠邦殿は、それを一掃したいのだな」

「そうだと思います。皮肉なことに忠成の死で、忠邦殿は西ノ丸老中から本丸老中に出頭されました。それも運命かと」

　六郎は深く頷いた。

「ならば、ともにやるのも、やぶさかではない」

「それを聞いて安心いたしました」

鷹見がほっとした顔を見せた。

「実を申しますと、殿が忠邦殿を気に入られていないのではと、危惧しておりましたゆえ」

「そんなことは一言も言っておらんぞ」

「はい、ただ、忠邦殿は殿を気に入ったようと聞きましたが、逆は何も言われないものですから……」

「いや、どうやら、目指す政は同じ方へ向いていると思う」

六郎はそう言うと、大塩平八郎のことを思い出していた。

――あの男の思いは必ず継がねばならん。

将軍を中心とする幕閣が贅沢三昧で、賄賂漬けになり、一方の庶民はその日の米に困り、餓死する。

――そんな世は絶対に変える。

忠邦が本気なら、いつでも一緒にやる。

六郎はそう誓っていた。

「鷹見、今までは老中になりたいと思ったことはあったが、それだけだった。しかし、今は老中になって、やりたいことがでてきた」

「頼もしい御言葉」

六郎は微笑んだ。

二

「こんなに早く江戸行きが決まるとは」

鷹見は心底驚いたという声をあげた。

「これで京ともお別れだ」

六郎が言うと、横にいた平之進が頷いた。

「この二条城で寝起きするのも、あとわずかですな」

「たしかにそうだ」

平之進の言葉に、権蔵が相槌（あいづち）を打った。

「お名残惜しいですね」

お光が少し寂しそうな顔を見せる。

天保九年三月、六郎は二条城にて忠邦よりの手紙を受け取っていた。

西ノ丸老中に就任が内定したことを報せるものである。

受け取った六郎含め、傍（そば）にいた者たちも喜びよりも驚きのほうが大きかった。

とにかく異例である。

いくら老中への腰掛け役職とはいえ、京都所司代になってまだ一年も経っていない。近年の例を見ても、二年から四年、五年という者がほとんどであり、例えば水野忠邦も四代前に二年務めている。

「よほど、殿を呼びたかったのですな」

鷹見は嬉しそうに言った。

六郎はそこで皆を見た。

「お主たち、江戸へも来てくれるか」

「何を今更……」

平之進が声をあげた。

「……殿、こうなれば、どこまでも一緒です」

「拙者も。死ぬまでついて参ります」

権蔵が手をあげる。

「わたくしも」

お光も静かに頷いた。

「すまぬ」

六郎は深く頭を下げた。

「あと、倉持左之助（くらもちさのすけ）も、当然ですが」

平之進が言うと、六郎は頷いた。

「早速、荷をまとめませんとな」

平之進も嬉しそうに言う。

権蔵も、頭はもう真っ白だが、元気な声を出した。

「おお、そうだ。すぐにかからんと」

お光も嬉しそうに立ち上がった。

そうして鷹見だけが部屋に残る。

「殿、祝着至極（しゅうちゃくしごく）にございます」

「うん、色々苦労を掛けたな」

「何を水くさいことを。それにまだ夢の途中でございます」

「そうであった」

鷹見は六郎を見た。

「まずは西ノ丸老中ということですから、当然、西ノ丸で務めます」

「言いたいことは分かっている」

六郎はにやりとした。

「大御所様以下、腐敗と賄賂の中に入るのだな」

「御意」

「恐らく、いきなり忠邦殿にこき使われそうだ」

六郎は笑った。

鷹見も微笑む。

やがて、鷹見は六郎を見た。

「殿、ところで伊達のことでございますが」

鷹見の意外な言葉に六郎は、内心驚いた。

六郎の出自の秘密は鷹見にも知られていない。そして三十三間堂にて一応の決着を見たと思っていた。

——それが、今頃何だ。

「一応、調べておりますが、何もつかめませぬ」

「そうか」

「ただ、殿の先祖に当たるだけに、色々言う者があるようです」

「どんなことか」

「はい、伊達の血を引く者がついに老中かと揶揄したり、果ては大坂の陣で真田幸村の子を預かり、その末裔ではないかとか……もう、滅茶苦茶でございます」

六郎は背中に冷たいものが流れる気分がした。

しかし、鷹見はまるで相手にしていない。

「どうも出世するということは他人からつまらぬことを言われるということのようです」

「いかがする」

「ほうっておきます」

「それがいい」

鷹見と六郎は顔を見合わせると笑った。

三

「おお、大炊頭殿。よく来てくれた」

忠邦は六郎を見るなり、駆け寄って手まで取った。

「越前殿、もったいない」

六郎も少し興奮していた。

江戸城御用部屋。

天保九年四月、六郎は西ノ丸老中に就任、本丸老中や若年寄たちの詰める部屋に、まずは忠邦のところを訪ねていた。

忠邦も嬉しそうにしてくれる。

「これからは、ともにやって参りましょうぞ」

忠邦はそう言うと、傍(かたわ)らを見た。

「紹介しておきたい者が大勢おってな」

見れば何人かの男が控えている。

忠邦はまず一番近くに座る男を指した。

「遠山景元、勘定奉行だ」

遠山は黙って深く頭を下げた。

福福しい顔だが、聡明そうな目をした男である。

「矢部定謙。西ノ丸留守居……」

忠邦はそこで六郎の顔を見た。

「……おお、そうだ。同じ西ノ丸で務めることになるな」

「矢部でございます」

矢部は座ったまま頭を下げた。

遠山同様、利口そうな顔をしている。年格好は、六郎と変わらないくらいで忠邦よりは年嵩だ。

忠邦の紹介は続く。

「目付の鳥居耀蔵だ」

六郎はその顔を見て、内心ぎょっとした。

とてつもなく執拗そうな性格をあらわす目をしており、冷たい表情をしている。

鳥居も軽く会釈した。

「渋川敬直。この者は変わっておってな。天文方におる」

「渋川でござりまする」

軽く礼をして、渋川はすぐに頭を上げた。

「それに蘭学もようできる」

そして忠邦は最後に、一番端で座る男を指した。

ひとりだけ商人風である。

だが、ただの商人がここにいられるはずがない。忠邦は六郎の気持ちを察したかのように言う。

「案ずることはない。この男は一応帯刀をゆるされてはおるが、今は預かっている。十三代目、後藤庄三郎。金座御金改役だ」

「後藤でございます。どうぞお見知りおきを」

後藤は丁寧に頭を畳に擦りつけた。

忠邦は六郎を見た。

「一時に紹介させていただいた。大炊頭殿、これがわれらの一党でござる」

「なるほど」

「いずれ、これらの者がわれらの右腕となって存分に活躍いたしまするぞ」

六郎はもう一度、男たちを見た。

――忠邦という男は思った以上に用意周到な男だ。

いまだ実権は、大御所家斉側にある。しかしその中でも、若い人材を選び、そしてじっくりと育てていた。

六郎は忠邦の恐ろしさを見たような気がした。

――やはり只者でない。

忠邦は男たちに目配せした。

男たちは直ちに立ち上がると、出て行く。

「あっ、矢部、少し待て」

「はっ」

矢部だけがひとり座り直した。

忠邦は六郎を見た。

「西ノ丸では、この矢部と一緒になります」

「先ほどうかがいましたが」

忠邦はにやりとした。

「そうだ。またあそこへ参りましょう」

忠邦はそう言って松の廊下の端まで、六郎と矢部を連れて行く。

以前来た場所に来ると忠邦は、六郎を見た。

「この矢部は、なかなかの男です。何でも仰せつけくだされ」

矢部は六郎を見た。

知性とともに、目に強い光がある。

六郎は忠邦を見た。

「越前殿、相手の名をお聞かせ願いたく」

六郎の唐突な質問に一瞬、忠邦は戸惑ったが、すぐに笑い出した。

「ははは、さすが、ははは、一を聞いて十を知るとはこのこと」

忠邦は笑い終えると、真面目な声になった。

「そう。いずれ排除せねばならぬ腐敗臭の漂う者が数人」

「なるほど」

六郎は矢部を見た。

「それをこの矢部殿と」

「左様」

忠邦は頷いた。

その後、六郎は将軍家慶の前に出た。

家斉に拝謁（はいえつ）したことはあるが、家慶には初めてである。家慶は思った以上に、活力のありそうな男であった。

「土井大炊頭でございます」

六郎は忠邦の後ろで、頭を下げた。

「うん、苦しゅうない」

家慶は快活な声で言った。

「越前から聞いておる。切れ者とな」

「はは」

六郎は頭を下げたまま応えた。

「頭を上げよ」

家慶の声に、六郎は少しずつ顔を上げた。

「忠邦がいずれ話すと思うが、なかなか難しゅうてな」

家慶は意味深な言葉を使った。

六郎は黙って聞いている。

「そちが解決の糸口になると越前が申しておる」

「はは」

「間違いないか」

「はい」

「うむ」

家慶はそこで思い出したように言った。

「たしか大塩平八郎の乱を見事におさめたと聞いておる」

「はは」

「また頼むぞ」

「はは」

それだけ言うと、家慶は立ち上がって、横あいの襖（ふすま）から出て行った。

六郎はまだ同じ格好のままだ。

忠邦が六郎を見た。

「上様も大炊頭殿には格別に期待しておられまする」

「光栄のみぎり」

「まさしく」

忠邦は立ち上がった。

六郎も続く。

――徳川家慶の為に働くのか。

六郎は忸怩たる思いになった。

江戸に来るまではあまり思わなかったが、老中は将軍の下にいる御役目であるという当たり前のことを実感した場面であった。

――豊臣の血が泣いている。

そう思うと、なぜさっき家慶に飛びかかって刺さなかったと悔やむ気持ちがしてくる。

――いや、そんなことでは、殺せても天下は取れぬ。

そう、豊臣家を再興して、天下に号令するのだ。

六郎は気を取り直していた。


「矢部殿はおいくつになりますか」

六郎が尋ねると、矢部はにこりともせずに応えた。

「土井様、殿は無用。矢部でお願いいたします」

「しかし……」

「幕府の秩序が乱れますゆえ」

そう言われては六郎も何も言えない。

「寛政元年の生まれでございます」

「何と。同い年ではないか」

六郎の言葉に、さすがに矢部も驚いている。

「では今年で……」

「五十だ」

六郎が笑ってそう言うと矢部も微笑した。

江戸城西ノ丸である。

西ノ丸には、将軍の継嗣、すなわち世継が入るのが通例であった。

しかしこの時、前将軍で大御所と呼ばれる家斉が健在だった為に、家斉が西ノ丸の主となっていた。

周囲には家斉が将軍時代から重用されていた家臣が、そのまま付いていまも権勢を振るっているのは、鷹見が言っていたとおりである。

「それで、矢部殿……矢部……早速だが、まわってみよう」

「御意」

矢部は前を歩き始めた。

その後ろを歩きながら、矢部とともに、忠邦に松の廊下で指示されたことを思い出していた。

「三人の男がおりまする」

忠邦はそう言ってその名をあげた。

「いまだ衰えぬ家斉の威光をかさにきて、悪行三昧の男たちです」

「いかがせよと」

「当人たちには何もいたしません」

「腐敗している輩なのであろう。処分せぬと……」

「それは、もちろん。ただし時を見てやらぬと、敵も反撃して参ります。一挙に息の根を止めるのです」

「では、わたしとそなたは何をいたす」

「悪事の証拠を集めたいと思っております」

「なるほど」

――どこまでも慎重な男だ。

慌てず確実に葬りさることができる時を待っている。

確かに下手をすれば大御所家斉を敵に回しかねない。最も強い権力を持つ相手である以上、忠邦もそれは避けたいはずだ。それゆえ証拠が重要なのであろう。

六郎は頷きながら歩いていた。

「まずはあの御仁から」

かなり離れた広間に座る男を指しながら、矢部が六郎にささやく。

「水野忠篤殿」

「水野が多いのだな」

六郎は冗談を言ったが、矢部はくすりともしない。

「大御所様の御側御用取次でございます。もうかれこれ、二十年近く、ずっと続けております」

そこで矢部の言葉に一瞬、感情が走った。

「元々は紀州藩家老の分家の出です」

「それがなぜそこまで出世したのだ」

御側御用取次とは、まさしく将軍の傍に仕えて、老中などとの間の取り次ぎを行う役目で将軍の側近として絶大な力を持つ者も多かった。

「妹が大御所の側室として子を成しましたゆえ」

「なるほどの」

「千五百石が八千石に加増されたほど取り立てられております」

「破格の出世というやつだな」

「にもかかわらず、金に関しては色々噂がある男でございます」

六郎は頷いた。

「では、ご挨拶に」

六郎はそう言って、広間を覗いた。

何人もの家臣の中に、忠篤がいる。六郎を見て不審そうな顔をした。

「誰か」

高飛車な声がする。

「無礼でありまするぞ」

矢部の声が響いた。

「西ノ丸老中に就かれた土井利位（としつら）様でございます」

「あっ」

家臣たちは一斉に頭を下げて控えた。

さすがに忠篤も慌てて座り直す。

いくら御側御用取次といえど、格としては老中の方が上である。

「御側御用取次、水野美濃守忠篤でございます」

ただし、二十年もやっているせいもあるのか、不遜な部分も同時に見えた。

「来られるのは、聞いておりました。京都所司代からでしたな」

「いかにも」

「大塩の乱では、御家老が大活躍されたそうで。良い家臣を持たれましたな」

「まさしく、そのとおり。ありがたいこと」

六郎は微笑んで応えた。

——皮肉や嫌味が十八番のようだ。

「以後、お見知りおきを」

六郎がそう言うと、忠篤は黙って形ばかりに頭を下げた。

六郎は矢部とともに歩き始めた。

「なるほど、腐っておりますな」

「わたしも腐臭を感じました」

「いずれは何とかしないとな」

六郎の言葉に矢部は深く頷いた。

「では、次の者を」

矢部が歩き出す。

今度は誰か。

六郎も続いた。

しばらくして、小部屋からたまたま出てきた男を、そっと矢部が顎で指した。

「あの男です」

「なるほど、やはりずるそうな顔をしている」

「いかにも」

矢部は少し笑った。

「小納戸頭取の美濃部筑前守茂育殿」

六郎はそれを聞くとさもあらんと頷いていた。

――小納戸衆は、将軍の暮らしの世話をする役目だ。

自然、将軍とのつながりは深くなる。

しかも暮らしに関わる品物の購入などを担当する役目であり、商人との付き合いも多い。

役高は千五百石だが、百人近くの小納戸衆の上に立ち、余録も多くありそうな役目である。

「碌なことはしておりません」

矢部はそう言って頷いた。

六郎は美濃部に近づいた。

美濃部も六郎に気づくと、その風格に気圧されたように頭を下げた。鼠のような顔だが、狡猾そうな目は鋭い。

「此度、西ノ丸老中に就かれた土井大炊頭様だ」

矢部が紹介すると、美濃部は慌てて頭を下げた。

「こ、これは、これは、小納戸頭取の美濃部でございます」

「土井だ。よろしく頼む」

六郎はあえて尊大に応えた。美濃部は頭を何度も下げた。

六郎はそのまま行く。

後ろから追いついた矢部が不思議そうな顔をした。

「どうして、邪険にされたのですか」

「ああいう輩は、そうされると不安になるものだ」

六郎の言葉に、矢部は驚いた様に見た。

六郎は微笑む。

「この先、何か役に立つかもしれん」

矢部もにっこりした。

「大炊頭様も、なかなかでございますな」

「まあな」

六郎は頷いた。

「で、もうひとりですが、この方は、ここにはおりません」

矢部の言葉に六郎は首を傾げた。

「というと」

「いまだ本丸で詰めております。あの御用部屋に」

「何と」

六郎は少し驚いたが、矢部は涼しい顔だ。

「戻ります」

矢部が歩き出した。

本丸御用部屋に戻ると、かなりの者が詰めていた。

忠邦も、もちろん居る。

しかし、矢部との打ち合わせで、あえて挨拶もせずに通り過ぎた。忠邦もわきまえているようでまるで相手にしない。

　少し離れたところにいる男を矢部が目で指すとささやいた。

「あれが最後のひとり、林肥後守忠英、若年寄でございます」

　見れば髷は白く、しかも額も大きく上がっている。腰も曲がっているのか、座ったまま小柄な体を前傾させている。

　どうみても、七十近くの老人だ。

　矢部の声が少し震えた。

「元は三千石の旗本の家の出です」

　若年寄は老中と同じく譜代大名が就く役目である。

「それが大御所様に可愛がられて、御側御用取次から、今では一万三千石の貝淵藩初代藩主、つまり大名にまで駆け上がりました」

「たいした出世だ」

「若年寄になって、もうかれこれ十五年近い」

　矢部はそれだけ言うと、林に近づいて行く。

「林様」

　矢部は林の前に座ると、きちんと頭を下げて控えた。

林は目をしばたたかせただけで、少しだけ首を縦に振った。

「此度、西ノ丸老中に……」

「うん、なんじゃと……」

林は耳に手を当てて矢部の方に向けた。

矢部が声を張って言い返す。

「西……ノ丸……老中……」

「おお、御老中か」

林は顔を上げた。

「ご就任された土井大炊頭様をご紹介に参りました」

「おお、そうか、そうか」

林は頷くと六郎を見た。

「おお、お主がの」

役目的には林の方が下位であるが、まるで将軍であるかのように振る舞う。

――無理もない。家斉公が後ろにずっといるのだ。

六郎は林を見た。

「西ノ丸老中、土井大炊頭」

「ああ、これは、これは、若年寄の林でござる」

林はようやく愛想を見せた。

「確か大坂で御活躍されたとか」

「これはありがとうございます」

「うん、大御所様も大変にお喜びであった」

「祝着至極(しゅうちゃくしごく)」

「西ノ丸には大御所様が居られるゆえ、しっかり頼み申しますぞ」

「承知しております」

六郎はそれだけ言うと踵(きびす)を返した。

矢部が後ろからついてくる。

「御老中に対して何ですか、あの態度は」

矢部はそう言って、林の方を再び見た。

「あれでは、まるで向こうが老中のようではありませんか」

「ははは、確かにな」

「不愉快ではありませんか」

「まあ、言わせておけばいい」

「しかし……」

「それに分からぬでもない」

「と言いますと」

「本人は若年寄だと思っていない」

「はっ」

矢部が思わず六郎を見た。

「将軍だと思っているようだ」

「ああ、なるほど」

六郎は歩き出した。

西ノ丸へ戻る廊下を並んで歩きながら、六郎は話し始めた。

「矢部殿……」

「矢部でお願いいたす」

「わかった。早速だが、この三人が最も腐敗しているのはよく分かった。調べに入らんとな」

「承知」

「美濃部について言えば、小納戸衆の過去の記録を見直すことだ。何をどこから、どれだけ、いくらで買ったか。大福帳を調べてくれ」

「大福帳……承知いたしました」

「あとのふたりは賄賂だな」

「はい。他も調べてみましょう」

「ならば、水野忠篤を頼む。わたしは林だ」

「ただ林は本丸に居りますが」

「西ノ丸老中は報告の為に本丸へ行くことも多いと聞いているからな」

「承知いたしました」

「頼みましたぞ。矢部殿」

「矢部で結構」

「そうであった」

六郎は笑いながら矢部の肩を叩いた。

その夜、藩邸に戻った六郎は鷹見を呼んでいた。

そして今日出会った、三人の男の話をした。

「なるほど。いずれも悪名高い者たちですな」

「さすが鷹見、よく知っておるの」

「わたしも害をなされた者のひとりですから」

「と言うと」

「他でもない。殿のことです」

「どういう意味か」

「はい、出世の為と色々と賄賂を要求されました……」

「真か」

「はい。特に林はひどうございました。随分とたかられました」

「なるほどの。そういう者は大勢おるのであろうか」

「それは、もう、数多と言えましょう」

「左様か」

六郎はそこでしばらく考えるような仕草をしたが、やがて鷹見を見た。

「鷹見、ひとつ頼みがあるのだが」

「何なりと」

六郎は微笑んだ。

翌天保十年、忠邦はついに家慶の後押しもあり、老中首座の地位に就くことになる。

　そして直ちに、忠邦は六郎を西ノ丸から本丸へと呼んだ。

「今日より本丸老中でござる、土井大炊頭殿」

「承知いたしました」

　忠邦はそこで冷たい笑みを浮かべた。

「もう西ノ丸の方は、十分でござろう」

「はい、まだ一年もおりませんが、随分と居たように思います」

「左様か」

　忠邦は満足そうな顔をした。

　六郎の言葉が続く。

「それに矢部殿がまだ居りますから」

「であった」

「任せておけばよろしいかと」

　六郎の意味深な言葉に忠邦は深く頷いた。

四

「殿、千代田のお城より、至急の報せでございます」

鷹見が髪を振り乱したまま、六郎の寝所に入ってきた。

「何事か」

六郎は布団から出た。

平之進と権蔵も来ている。いずれも髷がゆがんでいる。

「殿……」

鷹見の顔が紅潮しているのが分かった。

「……大御所様が身罷られました」

一瞬、周囲の空気が張り詰めた。

「ま、真か」

「はい。水野忠邦様からのお報せでございます」

「そうか。大御所様がな」

六郎の胸に大きな感慨が浮かんできた。

「長きに渡り、真に見事な人生」

六郎はそうつぶやいた。

確かに本丸派、つまり家慶・忠邦側にいる六郎としては、腐敗した西ノ丸派の力の元になっていた家斉は目の上の瘤（こぶ）であった。

しかし五十年以上、政（まつりごと）を行ってきたことは敬うべきことであり、まして亡くなった今、もう、恨み言などない。

「ゆっくり休んでくださいませ」

六郎の目から一筋の涙が流れた。

「いよいよでございますな」

横合いで鷹見が興奮気味に言う。

「わたしは今、黒田官兵衛の気持ちでございます」

六郎は鷹見を見た。

「中国大返しの時の官兵衛です」

その言葉に六郎は目が覚める思いであった。

織田信長が本能寺で討たれたという報せを、中国毛利攻めの最中に知った秀吉が一瞬落ち込んだ時、横にいた軍師、黒田官兵衛が、運が開けてきた、天下を取る機会が巡ってきたと秀吉を鼓舞（こぶ）したことを指しているのだ。

——確かにこれで一気に忠邦が実権を握ることになる。

そうすれば六郎も、今までできなかった様々な政が行えると思った。

大塩平八郎の乱の際に、どうすることもできなかった無力な己（おのれ）ではなく、庶民を助ける為に存分に力が振るえるのだ。

——やるぞ。

それに鷹見のたとえが心地良かったのは、秀吉を己に被（かぶ）せてくれたことだ。

豊臣の血を引く己にまさにうってつけの逸話ではないか。

六郎は鷹見に深く頷き返した。

「すぐに登城いたす」

「御意（ぎょい）」

鷹見が立ち上がった。

「殿、こんな刻限ですが」

平之進が尋ねると、六郎は首を振った。

「だから、行くのだ」

「はあ」

平之進はきょとんとしている。

布団を出た六郎は寒さを覚えた。

天保十二年閏一月七日のことである。家斉、享年六十九であった。


「おう、よう来ていただいた」

忠邦は江戸城内の御用部屋で待っていた。

周囲では慌ただしく人が動いている。

六郎も二年前から本丸老中であったから、この御用部屋に普段から詰めていたが、やはり今日駆けつけてきたときは特別の思いで足を踏み入れた。

忠邦と目があった。

口には決して出せないが、忠邦の目には異様なまでの輝きがあった。

――きっとわたしも同じはずだ。

六郎は体が熱くなってくるように感じていた。

家斉の死去という、今の徳川家にとっては最大と言ってもよい悲劇であるが、忠邦や六郎からすれば待ち焦がれていた瞬間でもある。

――不謹慎と言わば言え。

六郎はその興奮を押し隠せなかった。

――これで大塩平八郎の無念を少しでも晴らせるやもしれぬ。

そう考えると、これからどれだけやれるか楽しみでならない。

忠邦とともに貧しい者、弱い者を救うのだ。

――大塩平八郎の為にも。

六郎はそう思った時、ふと己の変化に気づいていた。

豊臣家、再興。

実父の利徳から聞かされた己の出生の秘密、すなわち豊臣直系の血をひいているという事実が今まで六郎を突き動かしてきた。

徳川家に代わって、天下を取る。

そのために、六郎は幕閣入りを目指して、出世を望んで、家老の鷹見の力を借りて様々な手段で役職につけるようにしてきた。

それゆえ、大坂城代になった時は、豊臣の末裔として感無量であったし、京都所司代を経て、老中職を手にした時は野望の手前まで来たと思っていた。

しかし、今はあまりそんな気持ちは起こらなくなっていた。

豊臣家の再興はともかく、ここまで食い込んだのである。折角だから江戸の庶民、しいては日本の民を少しでも救えるように力を尽くすことこそ大事ではないかと思っていた。

今までの旧態依然で、己の私利私欲ばかり貪るような輩を排除して、改革を行ってみなが豊かに暮らせるようにする。

それで良いではないか。

上に立つ者が徳川だろうが、豊臣であろうが、関わり無い。

要は民をどれだけ幸せにできるかだ。

六郎はそう考えていた。

「葬儀のことなどは他の者に頼むとして……」

忠邦の顔に精気がみなぎっている。

「大炊頭殿、いよいよ、改革の始まりですぞ」

「越前殿、武者震いがいたします」

「うん、それは頼もしい」

「それでは、早速に、諸色つまり物価の統制を……」

忠邦はそこで首を振った。

「大炊頭殿、物事には順序がござる」

「と言いますと」

「大炊頭殿や矢部が色々動いてくれたではありませんか」

忠邦は六郎を見る。

「物事を行う前に、邪魔者を片づけておきませんとな」

忠邦は冷たい笑みを見せた。

六郎は忠邦の怖さを見た思いがした。

――さすがの御仁だ。

「で、誰から」

「まずはもう証拠も揃っておるところから」

忠邦の目に今度は残忍な光が一瞬浮かんだ。

「昨年から、この遠山は江戸北町奉行に就いておりまして……」

忠邦は六郎に話しかけた。

遠山が会釈した。

「それは祝着至極（しゅうちゃくしごく）。越前殿、着々と改革の人事を行っておられますな」

「無論でござる」

六郎がそう言うと忠邦は頷いた。

「ただ、その前は勘定奉行であったゆえ、呼んだのだ」

「なるほど」

御用部屋には、忠邦と六郎、それに遠山がいる。

「遅いな」

忠邦が不満そうな声を出した。

「なに、もう、来るでしょう」

六郎の声と重なるようにして、廊下にいくつかの足音が響いた。

「噂をすれば……」

六郎が笑う。

襖が開いて、まず矢部が一礼して入って来た。

そしてその後ろから、数人の侍に抱えられるようにして、美濃部が顔面蒼白になって入って来た。

「これは一体……」

西ノ丸から引きずられるようにして、矢部の指揮の下、数人の侍に美濃部は連れて来られたのだ。

「美濃部、そこへ座れ」

遠山が厳しい声を出した。

その迫力に美濃部は、へなへなと座り込む。

「今は北町奉行であるが、その前は勘定奉行を長く勤めていた。俺の顔は、よく見知っておろう」

「は、はい」

美濃部は蒼い顔のまま答える。

遠山は懐から、大福帳のような冊子を取りだした。

「小納戸頭として長年勤めてきたな」

「ははっ」

「そして長年、金を横領してきた」

「な、なんのことでしょう」

遠山は冊子を開いた。

「例えば、一昨年、食膳費用で購入したとなっているのに、実際におさめられておらぬのは、米だけでも百八十両分になる」

「そ、そんな……」

「他に青物、魚、油、……莫大な額だ」

美濃部が黙ってしまう。

遠山の鋭い声は続く。

「他に御庭方でも入れた庭師の数が合わん、御馬方での浪費も過ぎる」

美濃部がうつむいていく。

「ざっと見ても、小納戸頭取についていた期間を通算すれば五千両は下らぬだろうな」

「ま、待ってくだされ。それは、わたしだけでは……」

美濃部は首を振った。

「ならば、仕方あるまい」

遠山は忠邦を見た。

忠邦は頷く。

遠山が美濃部を見下ろす。

「今、この時より、小納戸頭取などのすべての御役目を外れよ。播磨守の名乗りも以後許さぬ」

美濃部の顔が今度は白くなった。

遠山の凛(りん)とした声が響く。

「所領などへの処分はおって通達いたす。ただ、すべて取り上げは免れぬであろうな」

美濃部はもう呆然(ぼうぜん)としている。

——たいした裁きだ。

六郎は一連の遠山の仕切りを見ていて、感心していた。一方の美濃部はもう愕然(がくぜん)としたまま、言葉も出ない。

忠邦が近づいた。

「美濃部、所領のことだが」

美濃部が顔を上げた。

「少しでも残したくはないか」

「は、はい。それは……もう……」

「手立てがないわけでもない」

「ど、どのようにすれば……」

忠邦は怖い顔をした。

「さっき言ったな。わたしだけではないと」

「ああ、いや、それは……」

「お主より上の者か」

美濃部は黙ってしまった。

「言えぬか」

忠邦は頷いた。

「さすがは武士。人を売ることなどできぬようだ」

忠邦は美濃部を見た。

「見上げた心……ひとりですべてを背負って獄門首になるとは……いや、はや、天晴れ」

忠邦はそう言って立ち上がろうとした。

「お、お待ちを……」

美濃部の声に忠邦が振り返る。

「いかがした」

美濃部が忠邦を見た。

忠邦はさっきとはうってかわって優しい顔だ。

「美濃部、ことと場合によっては、今なら、上様にも取りなせるかもしれん」

美濃部の顔に血の気が復活した。

五

「はっ、何だと」

林は座ったまま、耳が遠い振りをして、手を当てている。

前に立つのは、忠邦、六郎、遠山、そして矢部であった。

先日、美濃部が吊るし上げられた御用部屋である。

ただ、林の場合は若年寄であるので、やはりここに詰めているのが常であったのだ。

従って、忠邦はまるで世間話でもするかのように、林に近づいて、いつもの調子で話しかけたのだ。

「おいくつになられたと尋ねている」

忠邦は明らかにぞんざいな口を聞いている。

無論、老中であるから、若年寄よりも格上であるが、年齢やこれまでの経験から言えば、邪険にはできない相手であった。

しかし今、大御所の死で、もう構うことがなくなっていた。

当の林は気づいているのか、いないのか分からない。

ただ、忠邦や六郎など四人の男に囲まれたことは、不安であろう。

そして、その数がひとり増えた。

「失礼いたします」

廊下から声がした。

しかし、襖（ふすま）は開かない。

「鷹見か」

「御意（ぎょい）」

六郎は襖を開いた。

「御苦労だった」

「はは」

鷹見は廊下に正座すると深く頭を下げた。

「おお、鷹見、久しいの」

忠邦が中から声を掛ける。

鷹見は少し顔を上げると微笑んだ。

鷹見は大塩平八郎の乱を事実上鎮圧した男として、家老という立場ながら幕府内でも大名以上に有名な存在であった。

忠邦とは何度か会ったこともある。

「で、持って来たか」

「もちろん」

鷹見は懐(ふところ)から、ゆっくりと書きつけを取りだした。

六郎は受け取ると、忠邦の横へ並ぶ。

「鷹見、入って構わぬぞ」

忠邦が呼ぶと鷹見も部屋へ入り、六郎の後ろに控えた。

部屋の中の他の老中や若年寄たちは、何が始まるのかと怪訝(けげん)な顔をしてじっと見ている。

「林、いくつになったと聞いておる」

「なんだって」

林は、耳が聞こえないふりをした。

瞬間、忠邦の声が苛立(いらだ)った。

「声が聞こえぬなら、もう執務はできまい。即刻、罷免(ひめん)いたそう」

忠邦がそう言った途端、林は慌てて返事をした。

「七十七になる」

「何だ」

「七十七だ」

忠邦が顔をしかめた。

「なんだ、じいさんじゃないか」

「な、何を言うか」

「ほう、耳が随分良くなったようだ」

忠邦は無礼を続けた。

六郎にはよく分かっていた。

無礼な態度をすれば、林は怒り、耳が聞こえぬからとのらくらと誤魔化すことができなくなるからだ。

――しかし、七十七とはな。

六郎もさすがにそんな高齢とは思わなかった。

「わしは大御所様の下、ずっと勤めて参ったのだ。無礼は許さん……」

「その可愛がっていただいた大御所様に、貴殿が無礼を働いたのだ」

忠邦が大声をあげた。

林も負けてはいない。

「水野殿、それは聞き捨てならん。わしは大御所様に無礼など一度も……」

「これを見よ」

先ほど鷹見が持って来た冊子を六郎から受け取ると、忠邦は林に示した。

「何だ、それは」

「何だ、それは、とは何だ」

忠邦が一喝した。

「貴殿が賄賂を受け取った記録だ」

林の顔が変わった。

六郎は鷹見を見た。満足そうな顔をしている。

以前に林の話をした時に、賄賂を送ったことがあると聞いた六郎が、他にも送った者を調べるよう命じていたのが、生きたのである。

忠邦は残酷なまでに林をいたぶる。

「ほう、貴殿、一体、何人若年寄を作るつもりだったのだ。四人が定員なのは知っておろう。それを一年に二十の大名から賄賂を受け取って、どうするつもりであったのか」

林はぶるぶる震えている。

忠邦は続けた。

「おい、外様からも受け取ったのか。全くの詐欺ではないか」

「そ、それは……」

忠邦は林を見据えた。

「貴殿、一体、今までいくら賄賂を取ったのだ」

「それは、みなやっておったのだ。以前の老中など、みな競うようにして賄賂をとっておった。わしだけではないのだ。わしよりずっと儲けた者が大勢おるのだから、まずはそいつらを……」

「黙らっしゃい」

忠邦は再び怒鳴りつけた。

林の顔は凍りついている。

「他の者のことはあとでゆっくり聞く。まず貴殿のことが肝心」

忠邦の顔が鬼のような形相（ぎょうそう）になった。

「御役目を餌に、賄賂を取り続けて、しかも同時に多数から取って私腹を肥やすなど……」

　忠邦は林を見据えた。

「……上様、そして亡き大御所様への重大な裏切りにあたる」

「それは違う。裏切るなんて、とんでもない」

　林が興奮気味に言う。

　しかし、忠邦は聞く耳を持たない。

「林、ここは潔く御役目を降りたらどうか」

「いや、わしはまだまだ……」

　林の言葉を六郎が取った。

「賄賂を取るつもりか」

「な、何を……」

「腐ったとんだ大名だ。恥を知れ」

　六郎が怒鳴った。

　林はぶるぶると体を震わせている。

「ど、どうか命だけは」

　林の命乞いが始まる。

忠邦は林を再び見据えた。

「林殿、これほどまでに不正を行って、お咎めなしや軽い処分で済むことなどない。命だって保証はできぬぞ」

忠邦の突き放したような言葉が、林の気持ちを容赦なく責めているのがはっきりと分かる。

林の顔はどす黒くなり、まるで病人のようだ。

「水野殿、違うのだ、わしが取っていたのは賄賂ではないのだ……」

「金を取っていたというだけで十分。まあ、これからはもう、取れなくなる」

忠邦は冷酷な笑みを浮かべた。

林は背を折り曲げて、震えている。

――老人をここまでいじめるのはちとやり過ぎではないか。

六郎はそう感じたが、鷹見の調べた物を見たら、とてもじゃないがそんな雰囲気は無かった。

「一昨年、加増されて、一万八千石にまでなったらしいの」

「そうでござるが……」

「まずは今の刻限を持って、八千石を即刻召し上げる」

林が目を剝いた。

「何だ。その顔は」

忠邦は容赦ない。

「一万石だけ残して、大名の地位は残してやるから」

林は項垂れて何も言えなくなっている。

「返事は」

「あっ、ああ」

「それから今を持って若年寄を罷免とする。よいな」

頷いた林はふらふらと立ち上がった。

「もうおしまいですかな」

「そう。林殿、もう、しまいだ」

忠邦はきっぱりと言い放つ。

林は右へ左へふらつきながら部屋を出て行く。

「ああ、そうだ」

忠邦は大声で言った。

林が振り向く。

「林殿、もうお城にも来ないで構いませぬ。家督は早急にお譲りくだされ」

「なんと。まだこの林忠英、万事において遅れをとるような者ではござらん。どうして、譲れと言われるのか」

「年だ。七十七のよぼよぼにはもう用などない」

忠邦はそう怒鳴ると、鬼のような表情をした。

「とっとと失せろ」

忠邦はそう言うと、座り直した。

林はよろよろと廊下へ出る。

「これで良い」

忠邦は己を諭すかのように静かに言った。

遠山と矢部は一言も話さない。

「ちと、やり過ぎではありませぬか」

六郎は忠邦を見遣った。

「そうでしょうか」

忠邦は問い返す。

「七十七の老人です。もう静かに隠居させれば良かったのではないかと」

「これは大炊頭殿の言葉とも思えませぬ」

忠邦はあくまで冷静な口調だ。

「さっきの林はそれはもう腐敗しきっておりました。十数年もずっと賄賂を取り続けてきた輩だ。年貢を納める農民、あるいは必死で生きてる庶民からすれば、まさに憎むべき敵でございます」

忠邦は六郎を見た。

「庶民を助けて、悪い武士を討つ為に改革を成そうとしているのではありませんか」

「確かに」

六郎は頷いた。

「ただ、あまり非道なことをすると、たとえ相手が鬼、悪魔であっても、見ている者からすれば、気持ちのいいものではなく、尊敬も集められない」

忠邦はしばらく黙っていたが、頷いた。

「確かに、大炊頭殿のお説も一理あります」

忠邦は丁寧に頭を下げた。

「怒りのあまり、熱くなったかも知れません。今後は気をつけましょう」

「うむ、そう願います」

六郎は頷いた。


「困っておる」

忠邦は六郎と会うなり、そう告げた。

遠山と矢部も暗い顔をしている。

林を糾弾した数日後、やはり江戸城御用部屋である。

「水野忠篤のことだ」

忠邦とは遠縁にあたり同じ水野姓であるが、忠篤は大御所に寵愛(ちょうあい)された西ノ丸派の中心人物である。

美濃部、林と粛清(しゅくせい)された以上、残る最後の大物であった。

「と言いますと」

六郎が問うと、遠山が口を開いた。

「証拠がございません」

「そうなのか」

「ええ、色々手を回して、美濃部などにも聞きましたが、忠篤の不正の証拠は出てきませんでした」

　遠山は悔しそうに言う。

　矢部も横で舌打ちした。

「何か手はないでしょうか」

　忠邦が六郎を見た。

「鷹見の調べた中にも忠篤のことはありませんでした」

　六郎は残念そうな顔をした。

「うーん、それは参ったの」

　忠邦は顔をしかめた。

　場の雰囲気が重くなる。しかし、しばらくして忠邦は明るい声を出した。

「では、この話はここまででいい」

「しかし、いかがいたします」

　遠山が尋ねる。

「鳥居に任せてみる」

　忠邦はそう言うと、みなを見た。

「凄腕（すごうで）の目付と聞いている。であるから、きっと何か調べだしてくるだろう。それに期待しよう」

遠山は渋々頷いている。

矢部は露骨に嫌な顔をした。

——どうやら、あまり好かれていないようだな、鳥居という男。

六郎が言う。

「期待しましょう」

忠邦も大きく頷いた。

「それで、もうひとつ頭の痛い問題がでてきたのだ」

忠邦はそう言って、六郎を見た。

「大炊頭殿には、まだ何も言ってなかったな」

忠邦はふーっと息を吐くと話し始めた。

「昨年持ち上がった、三方領知替のことでして……」

忠邦は六郎を見た。

「川越藩の松平家を庄内藩に、庄内藩の酒井家を長岡藩に、そして長岡藩の牧野家を川越藩に移すという件です」

「それが、何かもめているのですか」

「左様、頭が痛くてのう」

忠邦は六郎に近づいた。

「元々は大御所様から始まった。まったく死してなお、次々に問題を起こしてくれる」

「ははは」

六郎は笑ったが、遠山と矢部は黙っている。

忠邦は続けた。

「川越藩主の松平斉典(なりつね)殿が、実子を廃嫡してまで大御所様のお子斉省(なりさだ)様を養子にしたことが事の発端だ。そこまでしたのだからと、この斉典殿が庄内への領地替えを望んだ……」

「どうして庄内なのです」

「実高が高く、ずっと豊かだからです。表高は十四万石。だが、実質は二十とも二十一万とも言われている」

「それは大きいですな」

六郎の古河(こが)藩は八万石、忠邦の浜松藩は十五万三千石であるから、それよりも大藩になる計算だ。

忠邦はそこで首を振った。

「しかし、そこで大騒ぎが起きまして」

「大騒ぎ……」

「庄内の領民が反対騒ぎを始めたのです。寺や公事師を中心にして、庶民が立ち上がった」

忠邦は不快そうな顔をした。

「長岡藩に出て行かねばならぬ酒井家だが、長岡へ行けば石高は七万四千石しかない。酒井には何の罪もないのに石高を大幅に下げられるのは、おかしいと言い始めたのです」

「それは、何とも」

六郎は困り顔をした。

「たとえ大御所様との関わりがあったにせよ、この領地替えは、この水野忠邦が責任者として行っていること。特に領地替えは権威に関わること、絶対に失敗するわけにはいかぬ」

忠邦はそう言いながら、頭を手で押さえた。

忠邦の言うとおりである。

　どの領地を誰に与えれば良いかを計り、また今回のようにいつもいつも公平とは限らぬことがあっても、それは粛々と行わねばならない。

　間違っても、文句が出たから止めましたとあっては、幕府の威光に傷がつきかねない。

「大炊頭殿、こちらも頭が痛くてな。何かお知恵があれば拝借したい」

「いや、はや、難問でございます」

「左様、どうしても実行せねばならんのは分かっているが、どうすれば納得して貰えるかということです」

「しかし、越前殿、その庄内藩の領民については大事にせねばならんと思いますが」

「と言いますと」

　忠邦が不快そうな声になる。

　六郎は続けた。

「強引にやっても、民の不評を買うだけでございます」

　忠邦は黙って聞いている。

「しかも、おそらく酒井殿が名君なのでしょう。その庄内領民は酒井殿に気持ちがあります。それを剝がすようにして、無理に松平殿が入っても、恨みつらみできっとうまくいきませぬ」

六郎はそこまで言うと、ほっと水を飲んだ。

忠邦は言い返した。

「大炊頭殿の言うことは、民から見た政であります。われらは将軍から見た政でなければばならない」

「いや、それはとんでもない。いつの世も上に立つからこそ、民からの目にならねばならない」

「それは綺麗事でありましょう」

「決してそうではない。民の事を第一に考えれば、ほとんどのことが上手くいくと思います」

「それは賢いやり方ではない」

「いいえ、一番誠実なやり方です」

六郎と忠邦は一瞬にらみあった。

しかし、忠邦は表情をやわらげた。

「これは失礼。声が大きくなり申した」

「いや、それを言うなら、こちらも失礼いたした」

忠邦と六郎はそれぞれ頭を下げた。

忠邦は穏やかな表情になる。

「ただ、あくまで老中として幕府の威信は保ちたい」

忠邦がそう言うと、六郎も頷いた。

「それは、もちろん、当然のこと」

ふたりはもう一度、互いに目を見合わせた。

忠邦は矢部を見た。

「お主に頼もうと思う」

いきなり指されて矢部は驚いたような顔をしている。

「この三方領知替をもう少し調べてくれ」

「はは」

矢部は深く頭を下げた。

忠邦は六郎を見た。

「実は、この矢部、この春から南町奉行になることが内定しております」

「ほう、それは心強い」

六郎は頷いた。

矢部とは以前西ノ丸でともに務めたことがあったので、その手腕はよく知っていた。

——きっと良い働きをするはずだ。

「こちらの遠山殿が北町奉行……」

六郎が確かめるように言うと、遠山は首肯した。

「越前殿、このふたり、大変心強うございますな」

「ははは、天下一の町奉行、ふたりであろう」

忠邦はそう言って笑った。


「鳥居がやってくれましたぞ」

忠邦は六郎を見るなり、嬉しそうに言った。

三方領知替の話から、数日後、御用部屋に六郎が入るなり、忠邦が話しかけてきた。

「何のことでしょうか」

「忠篤ですよ」

「ああ、証拠があったのですか」

六郎の問いに、忠邦は頷いた。

そこへちょうど、鳥居が入って来た。

特徴のある蛇のような目を六郎に向けると、頭を下げた。

「おお、鳥居、でかしたぞ」

「はっ、ありがたき御言葉」

鳥居はもう一度頭を下げる。

六郎は鳥居を見た。

「それで、どんな証拠が出てきたのか」

「はっ、それが今までの悪事ではありません」

「と言うと」

横から忠邦が口を出した。

「わしを呪詛(じゅそ)したのです」

「はっ」

「この水野忠邦を寺にて呪詛して殺そうとしたということです」

「何と」

六郎は鳥居の顔を見た。

「真(まこと)か」

「はい。大井村教光院という寺院に、水野美濃守、つまり水野忠篤の家来がやってきて、あろうことか水野忠邦様の命を奪う呪詛を依頼したとのことです」

六郎は呆気(あっけ)に取られていた。

――呪詛がどれだけ効き目があるか知らないが、堂々と名を名乗って呪詛などするであろうか。

「しかし、一体何の為に、そのようなことを」

「ははは、それは愚問」

忠邦はわかりきったことを言うなという顔をした。

「この忠邦が死ねば、再び実権を握れると思ったのでしょう」

「それは分かりますが、呪詛というのが……」

六郎は首を傾(かし)げた。

「そんなことで命がとれると本当に思ったのでしょうか」

「思ったから、やったのだろう」

「しかし、それならば襲撃計画を立てるとか……」

「おい、おい、大炊頭殿、そなたはわしが襲われて欲しいのですか」

「とんでもない。ただ、呪詛で殺せると思ったなら、相当、間が抜けておりますゆえ」

「確かに」

忠邦は鳥居を見た。

「鳥居、間違いはないいな」

「はっ」

鳥居は懐（ふところ）から紙を取り出した。

「こちらです」

そこには呪詛相手の水野忠邦の名と、依頼者の水野忠篤の名がはっきりと書かれていた。

「確かに」

六郎も認めるしかない。

「天晴（あっぱ）れです」

「もったいない御言葉」

鳥居が頭を下げた。

「これで、邪魔者を一掃できます」

忠邦は破顔一笑すると、六郎を見た。

「すべて、大炊頭殿のおかげでござる」

「何をおっしゃいます。越前殿の執念でございます」

ふたりは笑い合った。

この後、遠山や鳥居の調べによって、忠篤の横領の証拠が出てきた。

その件もあって、忠篤は御側御用取次を罷免された。五千石も没収となり、更に翌年、諏訪に流された。

——いよいよ、改革に取り組める。

六郎はわくわくしていた。民を救う政策を行うのだという気持ちで胸がいっぱいだ。

ただ、一点、気にかかることがあった。

忠邦である。

このところ、ぶつかることが多い。

そしてそれは民を見るか、幕府を見るかの違いである。

——さて、どうなることやら。

ただ、六郎はたとえひとりになっても、改革を進めるつもりだ。

——必ず、やり遂げる。

六郎は天を仰いだ。

雲ひとつ無い青空がずっと遠くまで続いていた。

第三章　対　決

一

「改革の始まりだ」

忠邦はきっぱりと言い放った。

「今、ここから、幕府を改革する」

忠邦は立ち上がると、目の前に座る男、ひとり、ひとりの顔を見て言った。

老中の六郎、江戸北町奉行の遠山、江戸南町奉行の矢部、目付の鳥居の四人それぞれに。

江戸城御用部屋。

朝一番で集められた四人は、忠邦の言葉に深く首肯（しゅこう）した。

「まずは倹約から始めようと思う」

忠邦はそう言って座り直した。

「もうすでに幕府各所において、徹底的な倹約を始めております」

六郎は頷いた。

忠邦の言葉が続く。

「それはたとえ、上様とて例外ではない」

その言葉に、前にいる四人は一斉に、えっという顔をした。

忠邦は自信ありげに頷いた。

「着物、食事、家財など身の回りをすべて質素にさせていただいた。今までなら時がくれば買い換えていた物も、いちいち調べて、使える物は使う……当たり前のことだが、それを徹底する」

そこで忠邦はにやりとした。

「実は上様が少々ご機嫌斜めでな」

「いかがいたしました」

六郎が尋ねると、忠邦は声を低くした。

「生姜(しょうが)をなくしたのです」

聞いていた四人が不審そうな顔になる。

忠邦は微笑んだ。

「大御所様が生姜好きであったことはみな知ってるであろう」

「毎食、食べておられた」

六郎が言うと、忠邦は頷いた。

「それは上様も引き継いでおられてな。やはり毎度、毎度、食しておられたのだが」

忠邦は更に声を落とす。

「生姜というものは、少々、いや、結構な値がするものでな。たまにならともかく、毎食というのは難しいと、我慢していただくことにした」

遠山と矢部が微笑んだ。

鳥居は表情を変えない。

「上様から倹約を始めていただいた。他は言わずもがなだ」

忠邦の言葉に六郎は深く頷いた。

「たとえ一つひとつが小さい額でも、幕府全体が倹約することによって、莫大(ばくだい)なものになるでしょう」

「まさに、大炊頭(おおいのかみ)殿の言うとおり」

忠邦はそこでおどけた声を出した。

「生姜一本でも馬鹿になりませぬ」

忠邦は笑った。遠山と矢部も続く。

しかし、鳥居だけは冷静だ。

忠邦の顔が締まった。

「幕府だけではありません。いや、むしろ、世の民にも倹約をさせて、綱紀(こうき)を粛正(しゅくせい)して、奢侈(しゃし)を禁ずる所存だ」

六郎は、おやっと思った。

——幕府財政が火の車であるから、倹約するのは当然だが、民まで巻きこむのか。

以前から、改革のたびに風紀取締や引き締めがあったが、あまり良い結果になったことはない。

——反発があるからだ。

「一切の贅沢を禁ずるようにいたす。松平定信様が行った改革を目指して、徹底する」

忠邦は書き付けを取りだした。

「今から具体的にあげる」

忠邦は読み始めた。

「まず華美な祭礼はこれを禁ず」

遠山と矢部の顔色が変わった。

忠邦は構わない。

「今、江戸市中で行われている大きな祭りはすべてこれにあたる。よって中止か大幅な縮小を行う」

忠邦は紙を捲った。

「次に、寄席(よせ)の大幅な制限」

再び遠山と矢部が驚いた。

忠邦の声が大きくなる。

「江戸市中には数多(あまた)の寄席があるのだが、ごくわずかの物をのぞいて、そのほとんどを禁ずるつもりだ」

「それは……」

黙っていた遠山が声を出した。

忠邦は遠山を見た。

「案ずるな。全部廃止するわけではない。一部の老舗は残す……あっ、それと演目も制限する。娯楽物は駄目だ」

「少し厳し過ぎるのでは」

六郎が言うと、忠邦は首を振った。

「いいえ、これくらいやらねば、意味が無い。あと芝居も同様」

忠邦は矢部を見た。

「先日、中村座が火事で焼けたな」

「はい、左様でございます」

「まさに天の助けだ」

「はっ」

矢部が首を傾げた。

「これを機に芝居小屋をすべて郊外に移動する」

「何と」

矢部の声が裏返った。

「更に役者への対応も厳しくする。どうも中には、贅沢三昧に明け暮れる者がおるようなのでな、それから、人情本も駄目だ。風俗を紊乱する作品が余りに多いと聞く。遠山、矢部」

「はい」

「はっ」

「そなたら、町奉行にこれらの取締はかかっておる。くれぐれも抜かりなくいたすように」

「はあ、ただ、余りに一気に締め付けては、町人たちが反発しないかと危惧いたしますが」

遠山が静かに、しかしはっきりと言った。

忠邦は明らかに不機嫌そうな顔をした。

「それがいかんのだ。よいか、甘い顔は禁物だ。中途半端ならやらぬ方が良い。民の反発は承知の上。どうせ嫌われるなら、実効があるようにやる」

「はっ」

遠山は頭を下げた。

——なるほど、腹は据わっては居る。

しかし、民への締め付けがこれほど厳しいとは、六郎も思わなかった。

——意味が分からぬ。

六郎がそんなことを思っていると、忠邦はそれを見透かしたかのように口を開いた。

「諸色、つまり物の値を下げたいのです」

忠邦が六郎を正視した。

大塩平八郎の乱を経験した六郎は、その大きな原因が米価の急騰であることを知っている。

それゆえに以来ずっと続く物価の高騰を抑えたいというのは、六郎の持論であった。

そして、それは忠邦もよく知っていた。

諸色を下げたいと言えば、わたしが賛同するのを見越している。

――さすがだ。

六郎は笑ってしまいそうになる。

忠邦は言葉を続けた。

「贅沢や奢侈な買い物などを無くし、人々が質素に暮らせば金などあまりかからなくなる。さすれば物価も下がるはずだ」

六郎は少し首を傾げたくなった。

それでは、暮らし向きも下がって、生活が困窮する者も増えるのではと思ったからだ。

忠邦がまるで六郎の心内語を聞いていたかのように付け加えた。

「無論、それだけで物価が下がるわけではない。大塩の乱の時も、そうであったはずです」

忠邦は六郎を見た。

「いかにも」

「株仲間、すなわち、同業者が集まって結束していると言えば聞こえがいいが、これが為にぐるになって値をつり上げることなどたやすくできてしまう」

この点においては、忠邦の言うことは間違ってはいなかった。

先にも出た大塩平八郎の乱の当時の米価急騰は、飢饉から始まったとはいえ、途中からは米が入って来ても、米穀商がぐるになって売り惜しみ、上がりきるところまでどんどん値を吊り上げて行った。

そしてこういう時、人は恐ろしいまでに残酷になる。

道端に餓死者の亡骸がごろごろ転がるようになり、やがてそれが珍しくもなくなっても、まだ米を売ろうとはしなかった。

更にそれを見ていても効果的な手をうてず、あるいはうたず、挙げ句の果てには、商人に金を貰い値の吊り上げに手を貸した役人が多くいた。

「そういうことを無くすのです」

忠邦は大きな声でそう言った。

六郎は頷いたが、矢部が首を振った。

「恐れながら……」

「いかがした」

「株仲間をいきなり解散するのは、少し乱暴かと」

「なんじゃと」

忠邦の目が鋭くなる。

矢部は言葉を続けた。

「仰せのように株仲間の利益独占は、物を自由に扱い販売することの障壁になっております」

「ならば要らぬではないか」

「はい、ただ、いきなり廃してしまうと、必ず混乱が起こります」

「どういうことか」

「物がすみやかに市中に出回らなくなります」

矢部がそう言い放ったので、忠邦も目を見張った。

矢部の声が少し大きくなった。

「問屋を通して仕入れてそれを売るという流れは、株仲間によって整備されたもの。その制度を無くすとそれらの流通経路がずたずたになり、物は流れず、それこそ物があるのに届かず、飢えることになる危惧もあります」

「だから、そこへ自由に扱う者が参入して、新しい流れで売ればよいではないのか」

「はい、そのとおりです。ただ、その新しい流れをつくるのに、手間と時間がかかります」

「どれくらいかかるのか」

「おそらく、少なくとも数年は」

「馬鹿な」

忠邦は思わず怒鳴っていた。

「決して大袈裟な話ではありません」

矢部も負けずに言い返した。

しばらく沈黙が流れる。

「まあ、その件は少し後に回す……ああ、もう刻がない」

忠邦はそう言うと立ち上がった。

「これから、上様に会わねばならん。残りは各々方、また明日お願いする。幕閣の財政のことじゃ」

忠邦はそれだけ言うと、出て行った。

残った四人は顔を見合わせた。

もっとも格上の六郎は言葉を掛けた。

「色々あるが、今のように本音で話し合うのは良いことだ。そこから、必ず、素晴らしい考えが生まれるはず。さすが、矢部殿だ」

「ありがとうございます。ただ、殿はいりません。何度言えばお分かりか、矢部で結構」

「ああ、そうであった」

六郎は思わず笑っていた。

「それは最初からなかなか激しいですな」

鷹見（たかみ）はそう言って苦笑した。

「うん、矢部という男、なかなかの者とおもっていたが、忠邦殿にも一歩も退かなかった」

六郎も苦笑いした。

江戸城での務めを終えて藩邸に戻った六郎は、家老の鷹見を部屋に呼んで話をしていた。

「で、何か報告はあるか」

六郎が聞くと、鷹見は深く頷いた。

「はい、少々ございます」

鷹見は少しだけ六郎の傍（そば）に寄った。

江戸での務めになってからも、いや今まで以上に、鷹見の存在は大きくなっていた。

人脈の広さを存分に使って、様々なことをつかんで報せてくれる。

──確かに「土井の鷹見か、鷹見の土井か」である
六郎は苦笑していた。

「実は天保の三佞人（さんねいじん）のことでございますが」

「何だって」

鷹見の言葉に、六郎は思わず尋ね返していた。

「天保の三佞人……口の悪い連中はそう呼んでます。忠邦様によって粛清された三人、水野忠篤、林忠英、美濃部茂育のことでございます」

「ふん、ついこの間までは大御所様の側近として、幕閣を支配していた者達が、三佞人か」

「御意」

「で、その三佞人がいかがした」

「水野忠篤のことでございます」

「配流が決まったと聞いたが」

「はい。ただ、その前の経緯でございます」

「その前と言うと」

「水野忠邦様を呪詛した件」

「ああ、忘れもしない。悪事の証拠がつかめず焦っていた時、ちょうど起きた事件だった。あれが突破口になって、他の証拠も出てきたはずだ」

「そのとおりです」

「で、その件がいかがしたのだ」

「どうやら、策を弄したとのもっぱらの噂です」

「どういう意味か」

六郎は己の声が少し震えるのが分かった。

鷹見は続ける。

「つまり、水野忠篤が呪詛したのではないようです」

六郎は衝撃で頭がいっぱいになった。

「何だと」

鷹見の冷静な言葉は続く。

「確かに呪詛はあったようです」

「うん、書きつけを見せて貰った。目付の鳥居が調べだしたのだ」

「はい。確かに水野忠篤の家臣を名乗って男が教光院に来て泊まり込み、呪詛をして行ったのは間違いないとのことです。呪詛の相手は水野忠邦様なのですが、ただし、やって来たのはどうやら偽物で水野忠篤の家臣と偽って来たようなのです」

「どうしてそんなことが分かった」

「はい、その家臣なる者を見た者がおりまして」

鷹見は懐（ふところ）から帳面を取り出すと、開いて中を見た。

「本庄茂平次（もへいじ）と言う男です」

鷹見はそこでもっと近寄った。

「目付、鳥居耀蔵（ようぞう）の家に出入りしている男です」

六郎は余りのことに何も言えない。

鷹見の声が続いた。

「どうやら、鳥居という男は証拠を集めるのではなく、捏造（ねつぞう）しているようでございます」

六郎はまだ言葉が出ない。

「そのことはどれくらいの者が知っているのだ」

「わたしの耳にも入って来ているくらいですから、結構な人間が知っていると思われます」

「左様か」

鷹見が付け加えた。

「ただ、その後、忠篤の公金の横領が発覚したわけですから、結局のところ、そのことが良い方に働いたと言えます。もし、最初に何の証拠もなかったら、知らぬ存ぜぬで逃げられていたかもしれませんから」

「なるほど。そういう考えもあるのか」

「殿、実はこのことお耳に入れるのは、やめようかと思っておりました」

「わたしが怒ると思ったのか」

「御意」

鷹見が頭を下げた。

「しかし、殿、ここはしばらく静観を」

「どういうことだ」

「言いにくいのですが……」

「構わぬ。申せ」

「はい、これが鳥居の考えならともかく……」

鷹見の目が鋭く光った。

六郎も頷いた。

「流石（さすが）だな、鷹見」

「やはり殿もお気づきでしたか」

ふたりは顔を見合わせて笑った。

「うん、鳥居という男は、とてつもない恐ろしさを秘めているが、この件に関して言えば、ただの使い走りだったかも知れんと言うのだな」

「はい、とにかく忠篤を失脚させたいという一心から……」

「越前殿の差し金かもしれんと」

「御意」

鷹見が静かに頷いた。

六郎は穏やかな顔をした。

「案ずるな。これくらいの手管を使うのは、老中首座ともなれば当たり前かもしれん。それにこの間まで角突き合わせて戦っていた相手だ。綺麗事では、己の首が飛ぶだろうからな」

「まさしくそう思います」

「それに、忠篤が、とんでもない金を使い込んだり、巨額の賄賂を受け取ったりしていたのは紛れもないことだ。その為の方便なら、やむを得なかったかもしれん」

「では、当座は」

「お主の言うように、静観しておく」

「承知いたしました」

鷹見は頭を下げた。

そこで出て行くかと思ったが、鷹見は座ったままである。

六郎は鷹見を見直した。

「何かあるのか」

「はい」

「遠慮無く申せ」

「先ほど、お聞きした矢部様のことでございます……」

鷹見はそこで急に手を振った。

「ああ、いや、それよりも、三方領知替のことです」

「それがいかがした」

「どうやら、見送られるようです」

「そうなのか」

六郎は舌を巻いていた。

「どこから聞いてくるのだ」

「それはまあ、色々でございます」

「色々か」

他のことならともかく、こういう重要なことは普通なら老中である六郎の方が先に知るはずである。

ところが、実際には鷹見の方が先に聞いているのだ。

鷹見の凄さが分かる。と同時に、考えてみれば当たり前かもしれないと思った。六郎は今や忠邦たち幕閣の主流派のひとりになっているので、いつも忠邦の傍にいる。

——ということは、忠邦に都合の悪い話はなかなか入ってこない。

さっきの鳥居の一件もそうであろうし、この三方領知替の失敗もそうだ。

どちらも忠邦にとっては、あまり他人に知られたくないことだろう。そうすると、一緒にいる六郎には聞こえてこないのも分かる。

「ただ、今度の場合は、別に難しくありません。庄内藩の家老から聞きましたのです」

「なるほど、酒井殿のところか」

「はい、一番貧乏くじを引かされそうになった藩です」

「ほっとしているだろう」

「それはそうでしょう。しかし、良き領民をお持ちのようで」

「国替えを領民が反対したらしいな」

「よほど酒井様に人望があるのでしょう。何でも、天保の義民だと持ち上げている者もおるようでして」

鷹見の言葉に、六郎は静かに頷いた。

しばらく沈黙が流れる。

やがて六郎は口を開いた。

「ところで、川越の松平殿はそれで引き下がったのか。確か大御所様の実子を婿に迎える代わりに、国替えできるはずだった……あてが外れたわけだ」

六郎はそこで声を落とした。

「しかも、三方領知替を企んだ越前殿にすれば、見事に顔を潰されたのだから、そこもよく引き下がったものだ」

「此度に限れば、酒井様と庄内の領民が賢かったようです。騒ぎを起こせば、何事かとみなが注目する。そうすれば、さっきの大御所様の子どもからみの取引だということが浮かび上がってきます。全国の大名が、それはえこ贔屓だと、怒っているそうですから」

「なるほどの」

「しかも、水野忠邦様に命じられて調べておられた矢部様も、領地替え不要との結論を出されたのです」

「そうなのか」

六郎は内心、少し驚いていた。

忠邦が矢部に調べを命じたのは見ていたが、そういう場合は忠邦に有利な調べにするのが常道であろう。

しかし、矢部はそういう忖度（そんたく）は一切しなかった。

——矢部らしい。

「しかも最終的に裁定したのは、上様」

「真（まこと）か」

「確かな筋からの話です。天意人望に従うと言われたそうです」

関係する大名、領民、他の大名、調べさせた側近、そして将軍、これらがみな反対なのである。

——忠邦殿でもどうにもならん。

六郎は首を振った。

「それでは越前殿もひっくり返せない」

「御意」

「父親の残した約束をあっさり反古にするなど、上様もたいしたお人だ。忠邦殿の言いなりというわけでもないようだな」

「まさに」

「生姜の恨みかな」

「はっ」

鷹見が怪訝な顔をした。

「いや、何でもない」

六郎は笑った。

二

「昨日は途中で終わったようで、申し訳なかった」

忠邦はそう言って一同を見回した。

忠邦の言ったように、昨日の続きであり、従って御用部屋であるのも同じであれば、周囲の雰囲気も変わらない。

ただし、ひとつだけ、違っているところがあった。

今日は忠邦の横に六郎が座り、前には遠山と鳥居がいる。

——矢部が居ない。

六郎は周囲を見回したが、現れる気配はない。

「ああ、そうでしたな」

忠邦が早速に話し始めた。

「矢部は来ません。少し調子が悪くなったと聞いております」

「何と、それは心配でございますな」

言いながら、流石(さすが)に六郎は笑いそうになった。

この場にいる者だれひとりとして、病気などとは思っていない。

——茶番だ。

恐らく、昨日のことが大きな要因であろう。

株仲間を直ちに解散して、自由化を行いたい忠邦。

趣旨には同感するが、いきなり解散では市場がかえって混乱するという矢部。

――わたしと同じで、すでに五十を過ぎた矢部だが、なかなか気骨のある御仁だ。

戻って来て欲しい男だ。

そして代わりに座っている男がいる。

一度会ったことがある、金座御金改役(ごきんあらためやく)の後藤庄三郎だ。

「では、始める」

忠邦はそう言って座った。

「他でもない。幕府の財政のことだ」

忠邦はそう言って、みなを見た。

――なるほど、ならば後藤も入っているのは当然だ。

六郎はひとり、合点していた。

「昨日の話もかかわりあるが、まずは年貢の増収である。これには、古くさいが二つの方法しかない」

忠邦はみなを見た。

「まず人返し。これについてはご異存あるまい」

みな、頷く。

江戸にいる地方の農村から出てきた者を、郷里に帰らせて帰農させることであり、当然収穫量は増えて年貢が多くなる。

「二つ目は新田開発」

これも、誰も異議は唱えない。

もちろん新しく田を作るのだから、年貢も増える。

「具体的には印旛沼周辺を候補地にしている」

「なるほど江戸に近いゆえ、良いでしょう」

遠山がそう言って頷いた。

「うん、それで、この担当は鳥居にやってもらう」

「はっ」

鳥居は暗い目をしたまま頭を下げた。

遠山が怪訝な顔をした。

「鳥居殿でございますか」

遠山の言葉に忠邦は声をあげた。

「おお、そうであった」

忠邦は頭を軽く下げた。

「肝心なことを言い忘れていた」

忠邦は鳥居に手を向けた。

「鳥居は近々、南町奉行に就任する」

「なんですって」

遠山は衝撃を受けている。

北町奉行として、すでに改革に着手していただけに、盟友を失うような気持ちになっているのだろう。

「矢部殿は」

「さっきも言ったように病らしい。残念だが、致し方ない」

忠邦はそう言って、鳥居を見た。

「しっかり励め」

「御意(ぎょい)」

鳥居が頭を下げた。

新田開発という大事業であるから、目付ではなく当然奉行並の者が動かねばならない。

南町奉行なら確かに問題は無い。

──しかし、矢部はどうなるのか。

昨日の鷹見の報告もあり、矢部の一本気なところに好感を持っていただけに、気になる。

しかも、相手が鳥居である。

こちらも、鷹見の話からすると、恐ろしい曲者（くせもの）であるのは間違いない。

六郎は思わず口を開いていた。

「矢部の復帰はいつでしょうか」

六郎がいきなり尋ねたので、忠邦も驚いている。

「復帰でござるか」

「左様、南町奉行への復帰」

「それは……」

忠邦が言いよどむ。

六郎は問いただした。

「何か問題でも、ありますか」

ところが怯（ひる）むかと思った忠邦が胸を張った。

「そこまで問われましたら、やむを得ません。きちんとお話しておかないと、つまらぬ不信を招きますゆえ」

忠邦はそう言って六郎を見た。

「南町奉行は罷免いたします」

「理由は」

「不正」

忠邦の余りにも短い答えに、六郎は言い返した。

「馬鹿な。あの者が不正など……」

「大坂時代のものです」

忠邦が声を張り上げた。

「大坂……」

「左様、少し重なっていたはずですが、矢部は大坂西町奉行でした」

「それは知っています。わたしが城代になった時、確かにそうでした」

「で、しばらくして江戸に来て勘定奉行になり、その直後、大塩平八郎の乱が起きたのは、大炊頭殿もよくご存じのこと」

六郎は頷いた。

忠邦の声が続く。

「実は、その西町奉行時代に不正を働いた証拠が出て参りました……米の値段の不正操作でございます」

「まさか、あの矢部が……」

「間違いございません」

忠邦は鳥居を見た。

「そうであるな」

「御意」

鳥居が暗い目で頷いた。

六郎は鳥居をにらんだ。

「貴殿、確かか」

「はい、確かでございます」

六郎は喉まで出かけたが、忠篤のことは言うのを抑えた。

「大体、大坂のこと、しかもかなり以前のことを、どうして調べたのか」

六郎が問い詰めると、意外な男が答えた。

遠山である。

「大炊頭様、それにつきましては実は最近になって重要なものが出て参りました」

六郎は遠山を見た。

「大塩平八郎が幕府に向けて出した意見書でございます。出した当時の東町奉行所はそれを握りつぶしていたのですが、最近見つかりました。それは苛烈な文章ですが、当時の西町奉行の矢部様を糾弾しておりました」

「真か」

「間違いございません」

六郎は愕然としていた。

あの大塩平八郎の意志を継いで民を救おうと思っていたのに、信頼できると思った矢部がその亡霊によって失脚するとは。

忠邦が口を開いた。

「無論、希代の謀反人の書いたことなど信ずるに足らんと思っていたが、鳥居らの調べで、不正の数々が上がってきたのだ。これに関しては、大塩様々ということになる」

「分かりました」

六郎は口を閉じた。

大塩平八郎が本当に書き残したものなら、それは間違いないであろう。あの平八郎が嘘をつくとは思えないからだ。

しかし、偽物であったら。

だが、遠山ほどの男が易々と騙されるだろうか。いや、鳥居というのは、人を陥れる為に平気で捏造（ねつぞう）を行う奴だ。

忠邦はどう思っているのだ。

六郎の頭の中を様々な思いが飛び回った。

「では、いよいよ、財政政策だが」

忠邦はもうすでに次の話に移っている。

「まず、借金にあえぐ旗本、御家人を救済する処置を行うつもりだ」

「具体的にはどのようにいたすのでしょうか」

遠山が聞くと、忠邦は頷く。

「うん、札差に対して、以降の貸付は、基本、無利子、返済は二十年払いとするように通達する」

「それでは、貸す方に益がありません」

六郎は首を振った。

さっきの矢部の件で、六郎の中の何かが弾けたような気がしていた。

でいく。

——改革と言っても、それが弱い者を助けることにならないのなら、口を挟ん

それで矢部のように失脚しても、望むところである。

忠邦は返事をする。

「左様、借りている旗本、御家人の為でありますからな」

忠邦が当然という顔をした。

「わたしの言ってるのはそういうことではありません。札差という金を貸す商売が成り立たなくなります」

「構わんのではありませぬか。それで困っている侍が助かるのであれば」

「いえ、むしろ困っている武士の首を更に絞めることになるやもしれません」

「どういうことです」

「もはや借りるところが無くなるということですから」

「な、何と……」

忠邦は言葉に詰まった。

六郎の意見に反対できないようだ。

「今の借金はどうにかなっても、この先は借金すらできない。もっとひどいこと

になるやもしれません」

　六郎はそれだけ言うと口を閉じた。

「確かに、大炊頭殿のご意見ごもっとも。今しばらく、検討いたそう」

　忠邦はそう言うと、足を崩した。

「少し休もう」

　他の者も足を崩した。

　六郎はまだ腹の虫が治まらないが、黙って立ち上がった。

「いかがされた」

「いえ、少し足を伸ばそうと」

「なるほど」

　忠邦も立ち上がる。

　ふたりは並んで立つことになった。

「大炊頭殿、活発なご意見感謝いたします。さすがの見識、政（まつりごと）にとても役立ちまする」

「それは祝着至極（しゅうちゃくしごく）」

　六郎はそれだけ言うと、黙った。

「時に大炊頭殿、小耳に挟んだのですが、元々は伊達様の血を引いておられると聞きました」

忠邦は小声でささやいてくる。

——なんでそんなことを、このようなときに言うのか。

六郎は内心驚いたが、何食わぬ顔で忠邦を見た。

「そうでございますが、何か」

「いや、大変な豪傑の血を引いておられるのですな」

「それはありがとうございます」

六郎がそう言うと、忠邦は座ってしまった。

六郎も続いた。

「越前殿、そのことは最近お知りになられましたか」

「ああ、そうでござる。鳥居がそういうことを調べるのが好きでしてな」

「そうでしたか」

六郎はそう応えながら、ぞっとしていた。

——恐ろしい限りだ。

伊達の血を引いている、つまり本当は、外様大名だろうとでも言いたいのだろうか。

たとえ外様の血を引いていても、譜代に入れば譜代大名である。そんな者は大勢居る。

それでも、何か皮肉でも言いたかったのだろうか。

どちらにしても、伊達の血で騒いでいる。

――豊臣の血を引いていることは、まだばれていない。

「それでは、またお願いいたしまする」

忠邦の声で再開された。

「やはり財政のことだが、貨幣の改鋳だ」

そこで忠邦が後藤を指す。

「そのために今日は後藤に来て貰った」

後藤が頭を下げた。

「実は改鋳についてはかなり前から、この後藤とともに行ってきた」

忠邦の前で後藤が頭を下げた。

「まず天保通宝。これは相当作ったな」

「御意」

後藤が応える。

「そして天保小判と天保五両判だ」

忠邦は自慢気に話し始めた。

「この二枚の小判は、幕府に巨大な利益を生み出してくれた。今までの小判よりも金の含有量を減らすことで、幕府はかつてより、ずっと多くの小判を鋳造することができた」

忠邦は後藤を見た。

「これも、すべて後藤の策によるところが大きい。頼もしい限りだ」

「ありがたき御言葉」

後藤は頭を下げた。

今までの小判を改鋳して金の含有量を下げた小判を新しく作れば、より多くの小判が発行できる。それはすなわち幕府の収益となる。

実際、天保小判は、それまでの小判より軽量にすることにより、含有割合はほぼ変わらなかったが、金の含有総量が抑えられたのである。

忠邦は後藤を見た。

「また、必要であれば改鋳を行っていこうと思う。助言を願うぞ」

「はは」

後藤は頭を下げた。

忠邦は立ち上がった。

「昨日および本日に話したものが、改革の大筋である。あとはこれを実行していくだけだ」

忠邦はみなを見回した。

「くれぐれも、抜かりなく頼む」

忠邦の顔が輝いている。

その横で六郎はどこか冷めていた。

改革を行うことは急務だ。

ただ、民を救うことが先決だが、忠邦の改革はあくまで幕府を建て直すことが先になっている。無論、老中であり、幕府が立ち直れば、民の暮らしも立ち直るという理屈は決して全くの間違いとは思わない。

——だが、最初に覚えた熱い思いは、今はもうない。

この先、どうするか。

六郎はずっと自問していた。

「ほう、良いところへ目をつけたな」

忠邦はにやりとした。

「ありがたき御言葉」

鳥居はそう言うと、頭を下げた。

忠邦の横にいる六郎は顔をしかめた。

「なにも團十郎(だんじゅうろう)でなくともよいであろう」

忠邦が首を振る。

「いや、いや、鳥居の言うとおりだ。團十郎だからいいのだ。團十郎でなければならんのだ」

忠邦は顔を紅潮させてそう叫んだ。

三

御用部屋では連日のように改革実行の報告が上がって来ていた。

芝居小屋の移転とともに、役者の奢侈(しゃし)などを取り締まっていた南町奉行の鳥居は、ついに最大の大物に着手したのだった。

「罪状は何なのだ」

六郎が厳しい声で尋ねた。

「はっ。贅沢な暮らしと、本物の甲冑を芝居で使用したことでございます」

「それだけか」

「御意」

「で、処分は」

「まずは手鎖、謹慎をさせておりますが、いずれは江戸十里四方所払いとするつもりです」

「つまりは、團十郎が江戸で芝居ができないようにするのだな」

「まさしく」

鳥居は暗い目を向けながら、頷いた。

六郎は言葉を続ける。

「團十郎といえば、歌舞伎最大の名跡だ。その芝居が見られないとなると、歌舞伎が消滅するぞ」

「まさにそれが狙い。滅ぼしたいのです」

「馬鹿な。民の少ない楽しみを奪っていいかがするか！」

六郎は怒鳴った。

「團十郎の芝居を楽しみにしておる民がどれだけおることか」

「わしもそうだ」

横から忠邦が応えた。

六郎が頷く。

「ならばなぜ、かようなことを」

「決まっておろう。町人に芝居見物のような贅沢をさせない為だ。團十郎が見られないなら、歌舞伎にも行かぬだろう」

忠邦は冷たい目をした。

「芝居見物は贅沢でしょうか」

「まあ、そうだろうな。おまけに、風紀を乱す」

忠邦はそう言うと、鳥居を見た。

「でかしたぞ」

「はは。それで、ひとつよろしいでしょうか」

「何だ」

「この七代目團十郎は、今は子に團十郎の名跡を譲っております」

いきなりの鳥居の言葉に忠邦も六郎も戸惑った。

鳥居は相変わらずの無表情で言う。

「今は五代目市川海老蔵でございます」

「どうでもよい」

六郎は声を荒らげていた。

「失礼いたしました」

鳥居は頭を下げた。

忠邦は苦笑している。

「大炊頭殿、まあ、そう怖い顔をされぬでも」

「元々、こういう顔でな」

六郎はそう言うと、更に怖い顔をした。


「人情本の取締でございます」

鳥居に代わって入って来た遠山は、忠邦にそう報告した。

「内容が非常にいやらしく、淫(みだ)らであると思いまして」

「なるほどのう。そうなのか」

忠邦が尋ねると、遠山は吐き捨てるように言った。

「少々度が過ぎております」

忠邦は六郎を見た。

「大炊頭殿はご存じか」

「いや、知りませぬ」

六郎はそう言って遠山を見た。

「それほどひどいのか」

「御意」

「具体的に捕らえた者は誰か」

「昨年の暮れに為永春水（ためながしゅんすい）、今年に入って柳亭種彦（りゅうていたねひこ）といった者です」

遠山は六郎を見た。

「為永は手鎖六十日の刑に処しました。柳亭は厳しく詰問（きつもん）したところ、そのせいかどうか分かりませんが、亡くなりました」

遠山は哀しそうな顔をした。

「六十の老人でしたので、耐えられなかったのかも知れません……」

遠山はしばらく絶句した。

——この男は真っ当だ。

六郎はそう感じていた。

「為永の方も手鎖の後は、ひどく落ち込んでおり、まともに書くことなどできなくなったとのこと……」

忠邦が頷いた。

「良いではないか。ふたりとも読むに耐えぬ本を書いたのであろう。自業自得というやつだ」

遠山は忠邦を見た。

「かもしれませんが……」

遠山はそこで声を張った。

「こんなことをするのが、改革でしょうか」

遠山は昂然と言い張る。

「あるいは、これが民の為の改革でしょうか」

その迫力に六郎は気圧された。

それは忠邦も同じで、呆然としている。

改革を志して、集めた有能な人材の中でも飛び抜けて優秀なこの遠山が、反旗を翻（ひるがえ）したのは驚きであろう。

「遠山、いかがしたか。お主もたった今、認めたではないか。淫らな本であり、度が過ぎていると」

「はい、確かに」

「ならば、正さねばならぬであろう。北町奉行として」

「承知しております。ただ……」

「ただ、何だ」

「北町奉行は江戸町奉行。江戸の町の為になることをしたいと思いまする」

「猥褻本（わいせつぼん）の取締が為にならぬと言うのか」

そこで遠山は一度、頭を下げた。

「実はそのことでございます」

忠邦は返事をしない。

遠山は構わずに続ける。

「此度（こたび）の一連の綱紀粛正（こうきしゆくせい）と奢侈禁止でございますが、やり過ぎではないでしょうか」

「何だと」

忠邦の顔が真っ赤になった。

目を掛けてきた遠山が公然と意見してきたのがよほど悔しいと見える。

「前にも言ったが、嫌われるくらいやらぬと効果が出ない……」

「何の効果でございましょう」

遠山は言葉を被(かぶ)せた。

「少なくとも、この遠山にはまったく効果など見えませぬ……」

「そ、それは……」

「見えるのは、効果は効果でも、逆効果ばかり。幕府のことを悪(あ)し様に言う町の者も多く、人心は離れていくばかりでございます」

遠山は立ち上がった。

「これでは何の為の改革か分かりません」

「では、お主の考える改革とは何か」

「たやすいこと……」

遠山が忠邦をにらみつけた。

「民が喜ぶ政(まつりごと)でございます」

六郎は思わず手を叩きそうになった。

忠邦は何も言えず、ただ顔を憎々しげにしている。

「水野様、この遠山は北町奉行所に戻ります。民の為に働かねばなりませんので。これにて」

遠山が出て行った。

忠邦はまだ何も言わない。

「越前殿」

六郎は声を掛けた。

「遠山の言うことですが、わたしも感じていたことです」

「大炊頭殿まで、そんなことを言われるか」

「まあ、聞いてください」

六郎は忠邦を見た。

「越前殿の改革の趣旨は間違っておりません。幕府の財政を建て直して、諸色(しょしき)の高騰を抑えて、暮らしやすいようにする。まさに正しい」

六郎は静かに頷いた。

「ただ、数ばかり見て、人を見ておられない」

「どういうことでしょうか」

「すなわち値段や金額といった数字ばかりを何とかしようとして、人がそれに対してどう思うか、動くかなどは、まるで無視している」

「そんなことはない。嫌われることくらいは分かっている。ただ、そんなことを気にしていては改革などできない……」

「いいえ、それは違います」

六郎は忠邦を見た。

「確か、越前殿は以前の寛政の改革を手本に、と仰せられた」

「そうです」

「ならば、人心をつかむのが大事なのは分かるはず」

六郎は立ち上がった。

「あの折、松平定信様も、やはり余りに厳し過ぎたために、人の心が離れました。それがあまりうまく行かなかった原因かと」

忠邦は黙って聞いている。

「いや、これは長々と失礼いたした」

六郎は微笑んだ。

「どうも年のせいか、話が長くなってましてな」

六郎もそれ以上は言わなかった。

「大炊頭殿、お話、しかとうかがいました」

「それでは、本日はこれにて」

「お待ちを」

六郎が行こうとした時、忠邦が止めた。

「実はこれから後藤が参ります」

「何か貨幣改鋳のことでしょうか」

「はい、大事な話があるとのこと」

忠邦は六郎の顔を見た。

「一緒に聞いていていただけませぬか」

「わたしで良ければ」

「ご謙遜を。勝手に強いのは存じております。大炊頭殿でないと、いけませんゆえ」

「あい、分かり申した」

六郎がそう言った時、後藤がちょうど入って来た。

「失礼いたします」

後藤は忠邦の前に座った。

その顔が強ばり、しかし目には決然たる光が見えた。

六郎は嫌な予感がした。

――これも越前殿にとっては厳しい話ではないか。

「大炊頭殿も同席する」

「はっ」

忠邦の声に後藤は頷いた。

その顔に安堵の色が見える。

――やはり、越前殿ひとりに聞かせるのが怖かったのか。

「で、後藤いかがした」

「はい、実は……」

後藤の声がかすれた。

忠邦が苦笑した。

「どうした」

「はい、改鋳のことですが」

「お主の話はそれしかないであろう」

「は、はい」

後藤は息を大きく吐くと、決心したように口を開いた。

忠邦は笑っている。

「実は、改鋳はできません」

後藤の顔がまっ青になった。

忠邦の笑いは一瞬で凍りついた。

「できぬとはどういうことか」

後藤の顔から血の気が引いていく。

「此度の改革では、諸色の値を下げることが重要と聞いております」

「そうだ」

「ならば、今までのように質を落とした小判を大量に作るのは、真反対の効果となります」

「そうなのか」

忠邦は顔をしかめた。

「なぜ、そうなるのか」

「はっ、はい……その……」

「分かるように説明せよ」

「ああ、その……」

後藤の声がかすれた。

六郎は助け船を出した。

「後藤殿、慌てずともよい」

六郎は己の茶を後藤に差し出す。

「ああ……」

後藤は一息で飲み干した。

「生き返りました」

忠邦はため息をついた。

後藤が口を開く。

「質の悪い小判、悪貨を使いますと、同じ一両小判でも実際の値打ちは低くなります……」

「うん、金の含有量が少ないからな」

忠邦は言葉を継いだ。

「ただ、一両は一両だ。どちらの小判でも、一両分の払いができるはずだ」

「もちろんです。ただ……」

今度は、後藤は息を大きく吸った。

「そこなのです。物を売る側からすると、前の小判で一両で売ったが、今度の小判には前ほど金が入ってない。だから、もうちょっと高く売らないと、今までどおりの利が出ない……」

ここまで一気に話すと、後藤は言葉を切った。

忠邦が口を開く。

「ならば、値を上げるしかないか」

「左様です」

忠邦は呆然となった。

「物価が上がるではないか」

「その通りでございます」

後藤の声が落ち着いてきた。

「また、それとは別に……」

「まだ、あるのか」

忠邦が声を荒らげた。

後藤は縮みあがった。

「越前殿、それでは後藤殿が話せません」

六郎は取りなした。

ただ、六郎も驚いていた。

——財政再建の切り札が切れなくなる。

後藤がようやく口を開く。

「はい。その、小判を大量に作りますと、当然、市中には今まで以上の小判が流通いたします」

「当たり前だ」

忠邦の声は冷たい。

しかし、今度は後藤もめげない。

「そうしますと、みなの持つ小判の量が増えます」

「みなが豊かになるのだ。いいことではないか」

「確かにそうですが、そうなると物の値段は上がります」

「どうしてだ」

「はい、ある物が一両の値だったとします。ところが市中に金があふれてきますと、みな金を持つようになります」

　忠邦は頷いた。

　後藤はゆっくり話していく。

「そうすると、一両払える者が今までよりも増えます」

「当然だな」

「すると、物が今までより売れてすぐ無くなります。買いたかったのに、買えなかった者が多く出ます」

「うん」

「すると売る側は値上げを考えます。もうちょっと高くても売れるのではないかと」

　忠邦の顔色が変わるのが分かる。

　後藤は話し続けた。

「みなが金を持っているのだから、つまり一両一分にしても、同じ数は売れるとふむわけです」

「また物価が上がるな」

　忠邦は吐き捨てるように言った。

後藤は頭を下げた。

「では、いかがするのだ」

「はい、改鋳貨幣の製造は即刻中止とせねばなりません」

後藤は決然と言った。

「何と」

忠邦は六郎を見た。

「大炊頭殿、いかがか」

「聞いておりましたが、後藤殿の仰せになっておられることは、実に明解でございました」

「では、改鋳は」

「止めるしかございませんな」

忠邦はふらふらと立ち上がった。

そして、じっと天井を見上げている。

「越前殿」

六郎が声を掛けると、すぐに振り向いた。

「大丈夫でござる。何のこれしき」

忠邦は後藤を見た。

「天晴（あっぱ）れな献策である」

「はは」

「お主の言うようにいたす。直ちに改鋳を中止せよ」

「はは」

後藤は頭を畳に擦（こす）りつけた。

「頼んだぞ」

忠邦の言葉に、後藤は立ち上がると、飛ぶように出て行った。

忠邦は六郎を見た。

「うまく行きませぬな」

「越前殿……」

六郎は忠邦を見遣（みや）った。

自信の塊（かたまり）のようだった男が、意気消沈している。

「どうも、うまくいかぬ」

忠邦は首を何度か振った。

「越前殿、これからですぞ」

その言葉に忠邦は微笑した。

「大炊頭殿、かたじけない」

六郎も微笑んだ。

「安心してくだされ。何のこれしき」

忠邦は立ち上がった。

「改革は必ず成功させますゆえ」

「頼もしい御言葉だ」

ふたりはしばし、笑い合った。


「それはもう大人気でございます」

鷹見は楽しげに言った。

「そんなにか」

「はい、芝居の主役にもと言われてるようです」

鷹見の言葉に、六郎は思わず笑ってしまった。

鷹見が報告したのは、北町奉行遠山の人気ぶりであった。

綱紀粛正を打ち出した老中、水野忠邦に真っ向から反対して、様々な政策において、緩和したものに変えている。

まさに町人の味方だと噂されているという。

――嘘はない。確かに遠山はそういう仁だ。

六郎は頷いた。

特に芝居の話は皮肉である。

忠邦は歌舞伎を廃そうとまでした。團十郎を追放した鳥居も同じ考えであったはずだ。

そしてそれを守ろうとしている遠山が芝居になれば、それは大きな皮肉かも知れない。

藩邸に帰った六郎はいつもの如く、家老の鷹見を呼んで報告を聞いていた。

鷹見は感嘆したような声をあげた。

「あの遠山様は、大変な御仁ですな」

「わたしも、そう思う」

「水野忠邦様がいくら腹が立っても、矢部様のように罷免（ひめん）することは、まず無理でしょう」

「どういうことか」

鷹見の目が悪戯っぽくなった。

「例え今をときめく老中首座様でも、町人の人気の前にはかなわないのでしょうな」

六郎も笑うしかない。

「罷免などできぬか」

「はい、そんなことすれば、江戸の町が大騒ぎになります」

「民とは力強いものなのだな」

六郎は感慨深かった。

老中であろうが、ひょっとしたら将軍であろうが、遠山の首は切れないのである。

――それを見越して、越前殿に意見したか。

無鉄砲に向かって行ったように見えたが、とんでもない。

――きちんと、計算していたのだ。

六郎はひとりでにやりとしていた。

「何か」

「いや、何でもない」

六郎は手を振ると、尋ねた。

「それで、他には何かあるか」

「それが、例の株仲間の解散ですが」

「うん、いかがした」

鷹見は首を振った。

「大失敗になりました」

鷹見の声が大きくなる。

「矢部様の言ったとおりでございます」

「そうか」

六郎は目を閉じた。

株仲間の解散は、最初、改革の目玉として忠邦が提唱した政策のひとつだ。それぞれ各商売における株仲間が、ぐるになって値をつり上げたり、品物の数を調整したりする元凶だとして、解散させることにしたのである。

しかし、前の南町奉行であった矢部はそれに反対した。

趣旨はわかるが、いきなりは駄目だと言ったのである。

すなわち、予告も準備もない急な解散では、物の流れが止まってしまうと主張したのだ。

ところが、忠邦はその意見を採らず、訴える矢部を疎ましく思ったのか罷免して、目付の鳥居を後任の南町奉行に据えた。鳥居は忠邦の指示通りに株仲間を解散させたのである。

「矢部様の言ったとおり、解散した商売では、物の流れが大変に悪くなっております」

鷹見は憤ったような声を出した。

「無理もありません。昨日までなんの関わりもなかった者が大量に参入して、勝手に売り買いしているのですから」

「むべなるかな」

「はい。おまけに、今までそんな時に調整してきた株仲間の役就きも居らぬのですから、どうしようもありません」

「矢部……」

六郎は矢部のことを思い出していた。

先見の明があったことが、今更ながら証明された。

――だからと言って、そのように流通が止まっていることを見たら、悲しむであろうな。

　そして矢部の存在を疎ましく思った忠邦が、濡れ衣を着せた疑いもあった。忠邦が鳥居に命じて、矢部の大坂時代の古傷を持ち出してきたという疑いである。矢部は罷免された後、大坂時代の不正なども追及されて、最後には桑名藩預かりの身となった。

　そして三ヶ月後にそこで病死したとの報せを受けたことを、六郎は思い出していた。

　——さぞや無念であったろうな。

　事実、病死ではなく、そのような仕打ちをした忠邦や鳥居に抗議する為に自ら命を絶ったという噂もあった。

　鷹見が心配そうな顔をした。

「殿、改革などできるのでしょうか」

「それはどういう意味だ」

　六郎が問うと、鷹見は少し前に出た。

「水野忠邦様や鳥居耀蔵様のような方々が、およそ改革など成し遂げられるとは、この鷹見には思えませぬ」

鷹見は珍しく興奮した面持ちだ。

「殿が御一緒されているのが心配でなりません」

六郎は鷹見を見た。

「心配をかけてすまぬな」

「とんでもない」

鷹見が笑顔になった。

「主君を心配するのが、家老の役目でございますから」

「ははは、さすが、土井の鷹見か、鷹見の土井かと言われた男だ」

「戯れ言を」

鷹見が吐き捨てるように言った。

「鷹見、いくつになった」

「五十九になります」

「そうか、わたしより四つ上であったな」

「御意」

「お主と会って三十年か」

「そんなになりますか」

「うん、わたしが古河に来てちょうど三十年だ」

「長いですな」

「お互い白髪も増えるわけだ」

六郎はそう言って笑った。

鷹見も続いた。

四

「よう集まってくれた」

忠邦はいつもの御用部屋でいきなりそう切り出した。

六郎の他には鳥居、後藤のふたりだけだ。

——遠山は来ないのか。

六郎は苦笑いしていた。

忠邦が他の三人を見回した。

「改革の切り札を探しておって、ようやく見つけた」

忠邦は嬉しそうな顔をした。

鳥居が深く頷く。後藤は緊張しているのか表情を変えない。

六郎は忠邦を見た。

「それは楽しみでございます」

「大炊頭殿、今から説明いたす」

忠邦は立ち上がった。

――よほど、妙策なのか。

六郎は興味を持った。

「上知令(あげちれい)」

忠邦はそう言うと、みなを見た。

「これを切り札にいたす」

鳥居の目がぎらっと光った。

六郎は頷いた。

「聞きましょう」

忠邦は頷くと話を始めた。

「上知とは土地の没収のことであるが、これはちと違う。没収ではなく、あくまで交換だ」

忠邦は声を大きくした。

「該当地は江戸、大坂、十里四方である」

六郎の頭に衝撃が走った。

——大坂か。

忠邦の言葉は続く。

「江戸、大坂十里四方にある大名、旗本の領地をすべて天領として、代わりにそれぞれの領地の傍に代替地を与えることにする」

六郎は黙っている。

鳥居の目は厳しい。

後藤が口を開いた。

「それは財政強化の為でしょうか」

「まず、それがある。江戸も大坂も天領と大名、旗本の飛地が複雑にからみあっている。あれでは折角の大都市が機能せぬ。物流がうまくいかぬ原因もここにあろう」

——それは違う。

株仲間解散の混乱を領地の複雑さに転嫁している。

忠邦の声は続いた。

「更に、各地の天領を江戸、大坂に集中できることで、活用の幅が大きく広がるのだ」

忠邦は後藤を見た。

「さすれば幕府財政は大いに潤う」

これは忠邦の言うとおりだ。

各地に分散する小さな土地から得られる収益を集めてもしれているが、それを江戸、大坂にまとめて持ってくれば、収益は遥かに大きく、財政のうえでも大きく貢献するだろう。

「さらに国防のことだ」

忠邦は更に声を大きくした。

「近年、異国による脅威はもう待ったなしの状態になっている」

——これも間違いないことだ。

先年、隣の清国がイギリスと戦争になり、完膚(かんぷ)無きまでに叩きのめされたことは幕府内でも喫緊(きっきん)の課題であった。

「江戸、大坂とも海に臨んでいる大都市だ。そこに海防の拠点を置いて、対抗するつもりだ。そしてそのためには、土地が欲しいのだ」

忠邦はそこまで言うと、得意げに他の三人を見た。

「どうだ」

後藤が手を叩いた。

「それは妙案でございます。江戸、大坂の土地をまとめて活用できますれば、それはそれは、素晴らしい収益を生みます。相当、財政が助かります」

「うん、後藤、よく分かっておる」

忠邦は鳥居を見た。

「どうじゃ、鳥居」

「はっ、お知恵に感心いたしました。この鳥居めにも、是非、何なりとご指示いただければ幸いです」

「うん、頼もしい限りだ」

忠邦はそこで六郎を見た。

「大炊頭殿、いかがでござる」

六郎は満面に笑みを浮かべた。

「いやはや、さすが、越前殿、良い知恵が出ましたな」

「そう言っていただくとありがたい」

忠邦は会釈した。

「これまで、色々改革には邪魔が入ったが、もう止まらない」

忠邦は拳を握った。

「必ず改革を成し遂げる」

忠邦はそう言って何度も腕を突き上げた。


「持って参りました」

鷹見が六郎の部屋に帳面を何冊も抱えて入って来た。

「すまぬな」

六郎はそう言うと、帳面に目をやった。

傍らにいた平之進が驚いている。

「こんなにあるのですか」

「大事な領地であるぞ」

横で権蔵がたしなめた。

鷹見は帳面をさっそくめくり始めた。

「お茶が入りました」

お光が盆に湯飲みを載せて入って来た。

「あっ、おい、気をつけろ。大事な帳面だからな」

平之進が注意する。

「ああ、はい」

お光は脇の方へ盆を置いた。

「えー、一体どうしたんですか」

お光が問うと、平之進が首を振った。

「大事なことだ」

「大事って」

「殿の将来がかかってる」

「ええっ」

お光が驚いて、六郎を見る。

「そうなんですか」

「ははは、まあな」

六郎は笑った。

「そんな、将来って……殿様、おいくつになられましたか」

「五十五になる」

「そんな年で将来なんて、あるんですか」

お光の言葉に、夫である平之進が怒鳴った。

「これ、失礼なことを言うな」

「はっはは。構わん。構わん。お前たちとは、もう長い付き合いだからな」

「そうですね」

お光は感慨深げだ。

「殿様が十八くらいの時からですから」

横で平之進も笑みを浮かべた。

「俺は殿と同じ年で、子どもの頃からずっと一緒だ。だから、五十年近くになります」

「そうであった」

六郎も笑顔になる。

「その点、わたしはまだ短いですな」

権蔵がふてくされたよううい言う。

「殿が刈谷を出た時からですから」

「それでも三十年だ」

「長いですな」

権蔵はしばらく感激していた。

「よく持ち堪えましたね」

平之進が権蔵をからかう。

「持ち堪えたとは何だ」

権蔵が怒鳴った。

「だって、そうでしょ。まさか三十年も持つとは……」

「貴様……」

平之進と権蔵が言い合っていると、いきなり鷹見が怒鳴った。

「うるさいな」

鷹見がふたりをにらむ。

「静かにできんか」

平之進と権蔵は頭を下げた。

「鷹見、どうだ」

六郎が声を掛ける。

「はあ、もう少し、ありますが……」

「ああ、大体で良い」

鷹見は六郎の方を向いた。

「摂津と河内に十以上ございます」

「そんなにあるのか」

「御意……」

そこで鷹見は何か言いにくそうにした。

「いかがした」

「それが、その……」

「いいから、言え」

「はい、実はわが藩はこの辺りで借り入れをしております」

「なんだと」

六郎は立ち上がると、鷹見の傍に来た。

鷹見が申し訳なさそうな顔をした。

「わたしも、たった今、気づきましたが、間違いないようです」

鷹見は六郎を見た。

「飛地の住人から借金をしております」

「藩が借りているのか」

「はい」

「どういうことか」

「恐らくですが、年貢が足りなかったとか、あるいは己(おのれ)たちの資金繰りが悪かったのでしょう」

鷹見はすまなそうに言う。

「飛地は飛地でやってくれという習わしがありまして。古河(こが)までいちいち大坂から来る訳にも参りませんので」

「だから、足りなくなると、地元で借りているというのか。しかも、領民に」

「そのようです」

「それはすぐに何らかの手をうて」

「承知いたしました」

鷹見は頷いた。

「しかし、殿、なぜ今頃、急に飛地のことなどお聞きになられたのですか」

「うん。それはな」

六郎は、上地令のことをかいつまんで話した。

「なるほど。左様なことが」

鷹見は六郎の方を向いた。

「それで、いかがなされますか」

鷹見の問いに、六郎は即答しなかった。

「じっくり考えてみる」

「御意」

そこで横合いで聞いていた平之進が口を出した。

「気に入りませんね」

「お前が口を挟むところではない」

鷹見が平之進をたしなめた。

しかし、平之進はお構いなしだ。

「土地には住んでいる人の愛着がある。それを手前勝手にやり取りされちゃ、困るなあ。ねっ、殿様」

「俺もそう思います」

権蔵も口を出す。

普段、無口で政などには一切口を出さない連中が、一斉に口を開いて己の考えを主張した。

「ありがとう」

六郎は頭を下げる。

「ああ、勿体ない」

「そんな、そんな……」

「頭をあげてください」

みなが恐縮している。

「いつも世話になっておる。感謝いたすぞ」

六郎はもう一度頭を下げた。

そこへ外から声がした。

「申し上げます」

「何だ」

六郎が返事する。

「お客様でございます」

「どなただ」

「はい、南町奉行、鳥居耀蔵様と仰せです」

「何だって」

六郎は仰天していた。

「応接間に通せ」

「御意」

六郎は鷹見を見た。

「聞いたか」

「はい」

「何しにきたのであろうか」

「はて、見当もつきません」

鷹見は首を捻(ひね)った。

「これは、これは珍客」

おどけた振りをして、六郎は応接間に入った。

長机を挟んで鳥居と正対した。

供を連れてはいるだろうが、警戒されぬようにとひとりで来たようだ。鳥居は立ち上がると、深々と腰を折った。

「こんな刻限に、しかも御屋敷にまで押しかけまして、真(まこと)に申し訳ありません、お許しくださいませ」

「ああ、固い挨拶は抜きだ」

六郎は笑みを見せた。

「ご用件をうかがいましょう」

「はっ」

鳥居は一礼すると話し始めた。

「他でもありません。上知令のことです」

「上知令が何か」

「潰したいと願っております」

鳥居はその蛇のような目で六郎を見た。

「恐らく、土井様もと思いまして」

「なぜ、そう思う」

「それは、ほとんどの大名、旗本が反対しているからでございます」

鳥居は懐から、冊子を取りだした。

「これは、此度の上知令の対象となる飛地です」

鳥居は六郎の方へ押した。

「鳥居殿、これは幕府の機密書類であろう」

「御意」

「それをみだりに持ち出して見せるなど、あまり良いご趣味ではない」

焦るかと思ったが鳥居は普通だ。

「どんなお咎めでも受けますが、あの水野忠邦からだけは受けません」

「どういう意味か」

「これは白々しい。わたしは水野から離れたいということです」

「離れてどうする」

「土井様に付きたいと思いまする」

「おい、待て、待て、わたしに付くとか付かぬとか、そんな風に越前殿と対抗しているつもりはないが」

「こちらを見れば分かります」

六郎は冊子を手に取った。

捲(めく)っていくと、己の藩である古河藩のことと、その古河藩の持つ飛地が克明に記されていた。

そして、交換する予定地まで載っている。

──恐らく極秘の文章だ。

たとえ老中といえども、関係者の六郎には見せられないものである。

交換予定地があまりにもお粗末だった。古河藩の傍と言っても、大坂よりは近いというくらいでほとんどが、東北の方であり、荒地や山である。場所も会津や仙台といったところだ。

おそらく冬は入れないだろう。

──冗談ではない。

のけ者にされた挙げ句、わけのわからない土地と交換だという。

六郎の中に怒りがこみ上げてきた。

そしてその時、ずっと忘れていたことが心の中に浮かんできた。

──わたしには豊臣の血が流れているのだ。

秀吉様が愛した大坂。そして領民に支えられている古河藩の飛地。

それを失うことなど、絶対に嫌だ。

六郎の中の豊臣の血がたぎるように流れていく。

——水野忠邦の言いなりにはならぬ。

六郎は心の中で誓った。

「いかがでしょうか」

鳥居の声がした。

六郎は問い返す。

「お主のことだ。勝算があるのだな」

「御意」

「聞こう」

「この帳面に載っている該当藩、そしてそれ以外の藩も、みな大反対でございます」

鳥居は六郎に目を向けた。

「それはそうです。江戸、大坂の一等地を、片田舎の山と交換しろと言われて喜ぶ者はおりません。おまけに交換には、移動などで莫大（ばくだい）の費用がかかります。そして、飛地領民と深くつながっている場合も数多あります。中には、借財をしている大名もあります。領民から言うと、逃げられるのではと心配です」

——わたしに対する皮肉だな。

「で、どうする」

「反対する多くの意見を持って、水野忠邦に突き付けます」

「それで、上知令を反古にしてもらうのだな」

「それだけではありません」

「と言うと」

「老中を下りていただく」

鳥居の目が暗くなった。

「何だと」

六郎は驚いたが、鳥居は一向に動じていない。

「改革を錦の御旗にやってきたが、失敗ばかりで、改革どころか、改悪になっております。もう、いらない」

「なるほどの。で、わたしは何をする」

「大将になっていただきます」

「何だと」

六郎は鳥居を見据えた。

「水野忠邦を押さえて、老中首座になれるのはあなたしかおりません」

六郎の中を鳥居の声が響き渡った。

「いかがでしょうか」

「もう一度聞く。勝ち目はあるのだな」

「武士に二言はございません」

鳥居の目が初めてかすかにやわらいだ。


「何だ、これは」

忠邦は烈火のごとく怒り、吠えた。

まるで江戸城の隅々まで響き渡るような声だ。

「御用部屋でござる。あまり大声は出さないことだ」

六郎がたしなめると、忠邦は立ち上がった。

「大炊頭、貴様は大人しく尻尾を振る振りをして、このようなことを考えていたのか。この不忠者」

「越前殿、お主は失敗した。もう十分だ」

「何を」

忠邦は鳥居を見た。

「鳥居、まさかお主が裏切るとはの」

忠邦がにやっとした。

「わしの油断であった。飼い犬に手を噛まれたわ」

鳥居は忠邦の言葉は無視して。書き付けを見せた。

「飛地の大名や旗本衆は、ほぼ全員が上知令に反対しております」

鳥居の目が冷たく光った。

「賛成は、水野様おひとりであるかも知れません」

「な、何と」

忠邦の顔に苦悶が浮かんだ。

「わしの負けなのか」

「御意」

鳥居がまるで死の宣告のように言う。

六郎は忠邦を見た。

「ここらあたりが潮時であろう」

「何だと」

「怒っても変わらない」

六郎は忠邦を見た。

「確かにそうかも知れん」

今度は忠邦が冷静な言葉を吐いた。

「しかし、お主だけは許せぬ」

「では、如何に」

忠邦は刀の柄を叩いた。

四半刻後、城を出たふたりは桜田門近くの小屋の前にいた。

少しだけ空き地がある。

「ここで良い」

「いかにも」

忠邦と六郎はそう言って、抜刀した。

――できる。

六郎は忠邦の太刀筋に驚いていた。

忠邦が口を開いた。

「誰にも言って来なかったが、これでも免許皆伝だ。誰も知らんがな」

「今、わたしが知った」

「なるほど、それはかたじけない」

ふたりは共に青眼に構えると、正対した。

そして足をとばして、刃先を揺らしながら、お互いの力を測っていく。

「たー」

「やっー」

気合いが小屋で反響する。

「いざ」

「来い」

ふたりの刀ががちっとぶつかった。

押し合うふたり。

しかし、互角である。

ぱっとふたりは飛び離れた。

「やー」

「たー」

再び気合いが飛びあって、両者は構え直した。

今度は、六郎は青眼、忠邦は上段だ。

そしてふたりはしばらく間合いを取り合っていたが、やがてそれぞれから裂帛の気合いがほとばしった。

「でやー」

「おー」

ふたりはそのまま前に出た。

忠邦の刀が上から、六郎の頭めがけて落ちてくる。

「だー」

「とう」

次の瞬間、忠邦の刀が六郎を斬ったように見えた。

しかし間一髪で、六郎は横に飛んでかわしている。

そして横合いから、六郎は忠邦の胴を払った。

「ぐふっ」

六郎の刀が忠邦の腹を切り裂いた、かに見えたが、峰打ちである。

忠邦は地面に倒れると、腹を押さえた。

「ごほ、ごほ」

忠邦が咳をした。

そして息を整えると、六郎を見上げた。

「なぜ、斬らなかった」

六郎は黙っている。

「なぜ、殺してくれなかった」

忠邦は倒れたまま、叫んでいる。

「甘ったれるな」

六郎の大声が響いた。

「人が死ぬということが、どういうことか分かっているのか」

忠邦は何も言えない。

六郎は上から見下ろす形になる。

「もう、改革も何もできなくなるのだぞ」

「構わぬ。どだい、もう無理だ……」

「ふざけるな」

六郎は怒鳴った。

「わたしは改革を本気でやりたかった。だから、越前殿に掛けた、それが何だ。

もう諦めるのか」

六郎は刀を拭くと鞘（さや）にしまった。

そして、歩き出していく。

――この先、わたしはどうなっていくのか。

六郎は自問自答していた。


御用部屋に戻ると、鳥居が待ち構えていた。

「御苦労様でございます」

鳥居は近づくと大きな声で述べた。

「老中首座、土井利位（としつら）大炊頭様」

そして、鳥居は更に言葉を続けた。

「これより、上様にお目にかかることになっております」

「うむ」

六郎は頷いた。

前を鳥居が歩いて行く。

やがて六郎は、将軍の御休息の間の前に到着した。

鳥居が声をあげる。

「新老中首座、土井利位大炊頭様、御到着です」

「うむ、苦しゅうない。入れ」

中から家慶の声が響いた。

六郎は己に言った。

——今より、豊臣と徳川が相見える。

六郎は前に進んだ。

コスミック・時代文庫

天下御免の剣客大名
江戸入城

【著 者】
誉田龍一

【発行者】
杉原葉子

【発 行】
株式会社コスミック出版
〒154-0002 東京都世田谷区下馬 6-15-4
代表 TEL.03(5432)7081
営業 TEL.03(5432)7084
FAX.03(5432)7088
編集 TEL.03(5432)7086
FAX.03(5432)7090

【ホームページ】
http://www.cosmicpub.com/

【振替口座】
00110-8-611382

【印刷／製本】
中央精版印刷株式会社

COSMIC
時代文庫

誉田龍一の新時代活劇！

書下ろし長編時代小説

師匠は八代吉宗！
江戸を歩き、巨悪を一閃!!

世直し将軍
家治

◆ 天下成敗組、見参！

定価●本体630円＋税

世直し将軍
家治

◆ 旗本誅殺！

定価●本体620円＋税

絶賛発売中！

お問い合わせはコスミック出版販売部へ！
TEL 03(5432)7084
http://www.cosmicpub.com/

麻倉一矢の時代娯楽シリーズ！

書下ろし長編時代小説

天下びとの“良き友”は――
一太刀で泰平を守る若年寄！

剣豪殿様 堀田左京亮

◆家斉の朋友

定価●本体630円＋税

剣豪殿様 堀田左京亮

◆将軍家、危うし！

定価●本体620円＋税

絶賛発売中！

お問い合わせはコスミック出版販売部へ！
TEL 03(5432)7084